Gisela Steinkogler

WIE KOCHT MAN EINEN FROSCH?

Von der Liebe und vom Stress

Resistenz

NICHTIG

Nichts

kann nicht

Nichts sein.

Denn wenn ein

Nichts

nichts

wäre,

dann wäre hier

nichts

zu lesen,

nicht?

VOM STRESS

WIE KOCHT MAN EINEN FROSCH?

An alle Tierschützer, die mir bezüglich dieser Metapher und dem gleichnamigen Vortrag hin und wieder an die Gurgel gehen: Ich selbst bin äußerst tierlieb und naturverbunden, ja, getraue mich sogar schwören, in meinem Leben noch nie einen Frosch gekocht, geschweige denn gegessen zu haben.

Habe sogar in einem original chinesischen Restaurant in Wien verweigert, Froschschenkerl zu knabbern. Abgesehen davon müssen in China Riesenfrösche existieren, fast so groß wie die Galapagosechsen. Eine Frage bei meiner Diplomprüfung im Tourismusmanagement war u.a., wer dafür hafte, wenn von einer Reisegruppe der Großvater auf den Galapagosinseln von einer Echse verschluckt wird? (tatsächlich geschehen). Für Interessierte: Niemand, außer der Großvater selbst.

Anders ist es mit den Fröschen: Wirf man ein Großvater einen Frosch in einen Kochtopf mit heißem Wasser, dann springt dieser sofort wieder heraus und rettet somit sein Leben. Vorausgesetzt, der Großvater rächt sich nicht an der Echse und schluckt das Tier. Anders verhält es sich, wenn der Frosch in einen Kochtopf mit kaltem Wasser gesetzt und die Temperatur ständig um einige Grad erhöht wird. Vielleicht findet das der Frosch anfangs sogar noch angenehm, die steigende Wärme schätzt das Tier allerdings nicht mehr. Jetzt wird`s so richtig heiß und instinktiv merkt das Tier, dass es gefährlich wird und er reagieren muss. Klingt komisch, ist es auch. Nicht mehr fähig, zu handeln, wartet er, bis er stirbt. Eine mitfühlende Frau in einem Vortrag meinte an dieser Stelle, dass sicher jemand den Deckel zuhielt. Nein, er hätte springen können!

Dieses für mich sehr grausame Experiment machten im 19.Jahrhundert tatsächlich zwei deutsche Wissenschafter (siehe Kapitel

„Der Deutsche"). Ich habe versucht, zu recherieren, WARUM man so etwas macht und wurde leider nicht fündig. Einzig, es entstand dadurch der Begriff „boiling frog syndrom", das Syndrom des gekochten Frosches. Und dieser Begriff hat Einzug gehalten in zwei Wissenschaften: in die Biologie und in die Psychologie.

Wenn also längere Zeit keine Änderung einer belastenden Situation erfolgt, ist man irgendwann zu schwach, um „Attacke, Revolte o.ä." zu rufen und zu handeln. Man lässt mit sich geschehen. Und merkt diese Negativspirale oftmals gar nicht mehr, sowohl, gesellschaftlich, emotional, sozial und beruflich. Es werden Dinge trivialisiert, die einem vor einigen Jahren, als man noch nicht in der Überforderung war, entsetzt hätten. Zumindest bei anderen, da erkennt man Fehler schneller.

Im Namen der Wissenschaft, der Gewinnmaximierung, der gesellschaftlichen Weiterentwicklung kommt es zu ständigen Angriffen auf die eigene, persönliche Würde, der Freude am Leben, dem freien Denken und Handeln. Und wir warten ab, ob und wann die Negativprognosen in allen Ebenen eintreffen, anstatt Präventivmaßnahmen zu ergreifen.

Bewusstheit heißt in diesem Fall das Zauberwort. Sobald es in mein Gehirn gelangt ist, dass ich freudlos und sinnentleert handle, kann ich reagieren. Und zwar nur ICH, indem ich etwas verändere. Damit ist nicht gemeint, jährlich seinen Job oder Partner zu wechseln. In Serie ist das kontraproduktiv und eine solche Lebensentscheidung gehört hundertfach abgecheckt. Ich spreche von kleinen Veränderungen, die meist mit Trennung, Abschied und vielleicht sogar Schmerz verbunden sein können. Z.B. Abschied nehmen von der Vision, mit dem Anti-Aging-Wahn tatsächlich ewig jung zu bleiben. Keinem ist es lustig, wenn die Haare am Ansatz beginnen, selbständig und unerlaubt die Farbe zu wechseln. Oder man Gleitsichtbrillen braucht, um auf der Autobahn wenigstens eine der beiden Fahrbahnen zu treffen. Nur ICH bin in der Lage, die Einstellung zu gewissen Dingen zu ändern und übernehme damit Verantwortung für mein Handeln und somit mein Leben. Ich hab nur dieses.

Dann kommt es auch zu weniger Einladungen an andere, einem zu sagen, wie man sich körperlich, geistig und emotional zu fühlen hat. Es lohnt sich hin und wieder die Frage „Wer will WAS von mir, will ich das auch?". Wenn ich z.B. Geld verdienen will, wird es Zeiten geben, die einkalkuliert weniger lustig sind und ich werde sie selbstentschieden bestehen. Andererseits kann ich entscheiden, mit wem ich meine Freizeit verbringe und mich möglichst oft von negativen Personen und Situationen fernhalten, ohne mich dabei von der halben Verwandtschaft zu verabschieden. Es reicht oft eine Reduktion bzw. Artikulation meiner Bedürfnisse. Mein Gegenüber muss und kann nicht automatisch wissen, was in mir vorgeht. Und ist demnach auch nicht für meine Emotionen zuständig, nur für seine, so wie ich nur für meine zuständig bin. Das ist unangenehm, denn dadurch schließt sich der Kreis der Selbstverantwortung wieder. Ausgeglichene Menschen, die gut mit sich selbst auskommen, sind auch angenehmere Zeitgenossen im Umgang mit anderen.

Dieses Erforschen der eigenen Bedürfnisse und Umsetzen in Taten ist viel leichter, als man denkt. Probieren Sie es, und Sie werden sehen, es kann lustig und befreiend sein. Am besten heute noch, in dem sie ein lautes NEIN zur Bügelwäsche sagen, die sich Ihnen seit Tagen aufdrängt.

Mit der Verinnerlichung der Tatsache, dass ich selbstverantwortlich handeln kann, erübrigt sich die Ausrede, ich hätte „es" nicht gewusst. Oder, wie mir eine fremdländische Frau, die unserer Sprache noch nicht so mächtig war, in so charmanter Weise sagte: „Mein Kopf war nicht zuhause“. Wenn ihr Kopf manchmal ausgeht, fragen Sie ihn wenigstens, wohin und wann er wiederkommt.

BURNOUT = BIRN-OUT?

Vor kurzem wurde ich von einem öffentlichen Veranstalter gebeten, einen Vortrag zum Thema „Burnout Prävention“ zu halten. Der Herr dürfte bei der Anfrage unter Stress gestanden sein, denn der Betreff lautete „Vortrag bzgl. BIRNOUT“.

Ist bei einem physischen und psychischen Erschöpfungssyndrom – nichts anderes ist dieser sagenumwobene, zum Abwinken überstrapazierte Begriff „Burnout“ nämlich, tatsächlich auch etwas, wo einem einfach kurzfristig die „Birne“ abgedreht wird?

Dazu müsste man zuerst erklären, wo genau sich der Verstand, die Emotion und der Geist beheimatet fühlen. Ganz sicher nicht dort, wo ihn ein frecher Männerwitz gerne haben möchte. Ich darf mich allenthalben und aus sicherheitstechnischen Gründen von dieser Gemeinheit distanzieren … aber gelacht habe ich schon. “Ein Mann steht im Wasser, das ihm bis zum Bauchnabel reicht. Er sieht hinunter und sagt: „Ups, jetzt geht das Wasser schon über meinen Verstand“.

Nein, zum Trost, der Verstand liegt dort, wo sich nichts durch Silikon ersetzen lässt – eine der wenigen Gerechtigkeiten – im Gehirn. Auch die Emotionen und der Geist. Das romantische Flattern der Schmetterlinge im Bauch sind übernervöse Nerven. Auch vom Gehirn aus gesteuert. Das heißt aber nicht, dass man dieses Gefühl nicht ausreichend genießen soll.

Stress und Genuss entstehen demnach im Gehirn. Für manche eine Beruhigung, denn dann kann ich die Steuerung beeinflussen, sofern die Rahmenbedingungen okay sind. Rahmenbedingungen z.B. in Form einer betrieblichen Gesundheitsvorsorge.

Es ist auch beruhigend, dass ich präventiv genug Werkzeuge besitze, um nicht im berühmt berüchtigten Hamsterrad zu rotieren. Die Mühe muss man sich allerdings machen, das manchmal etwas verstreute Werkzeug zu suchen.

Einige Hilfen, als Impulssetzen verstanden, darf ich nennen. Wählen Sie wahllos eine oder mehrere davon, bereichern Sie sich, aber versuchen Sie nur das, was Ihnen Freude bereitet oder worin Sie zumindest einen Sinn sehen.

- bewegen Sie sich täglich – alters-, gewichts- und wetterunabhängig 20 Minuten in der Natur.
- Erlaubt sind gehen, laufen, schwimmen, unkrautzupfen, schaukeln, holzhacken. Bitte rhythmisch und nicht unter Druck, sonst steigern Sie nämlich den Cortisolspiegel noch einmal. Cortisol ist neben Adrenalin das II.Stresshormon und lässt sich dauerhaft nur durch Bewegung in Schach halten. Außerdem lassen sich über unseren Körper die Emotionen steuern und umgekehrt. Klingt komisch, ist es auch.
- Wenn Sie aktuell Sorgen haben: Bitte überlegen Sie, ob diese Sorgen vielleicht flüssiger als Wasser, also überflüssig ist. Sind es wirklich IHRE Sorgen oder saugen Sie die Probleme anderer wie ein Schwamm auf?
- Denken Sie sich die Sorgen mit einer zeitlichen Verschiebung von 2 Jahren (hilft unglaublich bei pubertierenden Kindern). Mit etwas Distanz wirkt so mancher Eklat weniger drastisch.
- Sollten Sie echte Sorgen haben, werden Sie AKTIV, indem Sie Hilfe annehmen: Bauchschmerzen werden nicht gerin-

ger, wenn ich versuche, sie zu ignorieren. In diesem und anderen Fällen kann man die Verantwortung an jemanden abgeben, der sich besser auskennt als ich selbst.

- Dankbarkeit kann entstressen und jeder Mensch hat irgendeinen Grund, dankbar zu sein: Wenn vielleicht aktuell nicht für einen Partner oder die Kinder, dann zumindest für den Dienstgeber, der das Gehalt monatlich überweist. Für einen Lehrer, an den Sie als Mensch noch gerne zurückdenken. Für die Natur, dafür, dass wir in einer Demokratie leben, die Eltern, die den Grundstein für die Talente gelegt haben …
- Bewertungen, die ich über mich selbst oder andere Menschen, Situationen abgebe, können Druck erzeugen. Liebe Schwierigmütter und Schwierigtöchter, sozussagen ein generationsübergreifender Friedensappell: JA, früher war alles anders und JA, heute auch. Wenn ich die dazugehörige Person und ihr Verhalten nicht bewerte, ist das beruhigend.
- Berührungen aller Art werden unterschätzt: Sollten Sie heute noch die Gelegenheit haben, Ihre(n) PartnerIn zu umarmen (selbst wenn sich dieser wundern sollte), tun Sie es. Sozusagen im Rahmen einer seelischen Vorsorgeuntersuchung, Sie schütten dabei Oxytocin aus. Das Kuschelhormon, welches zur Entspannung dient.
- Selbstverständlich kann man auch mit Worten umarmen. Vorgesetzte, die nicht loben und anerkennen können, schädigen nachhaltig ihr Unternehmen. Über die Umwegrentabilität erreichen sie weniger Krankenstände und steigern die Motivation der Mitarbeiter
- Machen Sie hin und wieder eine „Grenzüberschreitung im gesicherten Rahmen“ .Ein Journalist fragte mich, ob er jetzt Kontakt zu seinem verstorbenen Großvater aufnehmen müsse. NEIN! Damit meine ich, dass Sie etwas tun, das Sie schon lange nicht gemacht haben. Gehen Sie in den Wald

und zwar durchs Dickicht, überqueren Sie einen Bach, gehen Sie dann, wenn es wie aus Fässern schüttet. Für manche ist es eine Herausforderung, ein klassisches Konzert oder eine Bücherei zu besuchen, Setzen Sie sich auf's Pferd, kaufen Sie sich etwas Unvernünftiges.

- Falls Sie es bereits gespürt haben sollten, freut es mich: Eine der wichtigsten, entstressendsten Faktoren ist Humor. Lachen ist die kürzeste Distanz zwischen zwei Menschen. Sie können es nicht verschenken, weil sie es ohnehin umgehend zurückbekommen. Erich Kästner meine „Humor ist der Regenschirm der Weisen", Siegmund Freud ist der Meinung „Humor ist eine reife Auseinandersetzung mit sich selbst." Wer recht hat ... das kostet mich einen Lacher!
- Lachen und denken zugleich ist außerdem unmöglich und sie lassen in dieser Zeit ihr Gehirn ruhen.

ADRENALIN UND OXYTOCIN

Menschen machen Blödsinn. Je nach Epoche und Zeit gibt es einen Mainstream an Dummheiten. Ganz früher, also in der Steinzeit, wurde das Adrenalin erfunden und jeder männliche Hauptprimat rannte einem Säbelzahntiger hinterher und umgekehrt. Je nachdem, wer schneller war, gab es entweder ein schlacksiges Abendmahl oder eine Feuerbestattung.

Es gab Zeiten, da stapften Stiefel durch das Land, sehr laut und wie von alleine, so, als wäre ab den Knien aufwärts kein Körper und schon gar kein Gehirn mehr vorhanden, der die Stiefel zum Stiefeln brachte.

Zeitgeist? Ungeist! Angstschweiß!

Dann gab es Twiggiebeine, dünn wie Fäden, dass die Knochen krachten, sobald man für stürmisch-lustvolle Zeiten ein geeignetes männliches Pendant fand. Muskelbepackte Arnolds aus USA und Austria, denen man gerne auswich, um sich bei einer versehentlichen Berührung nicht hinterher entschuldigen zu müssen. Solche, die Rasierklingen unter den Achseln trugen.

Und heute, ja heute, gibt es Autoren, ganze Heerscharen. Ihre geputzten und polieren Stiefel tragen sie im Gehirn und bringen die Gedanken dann, wenn das Gehirn zu eng und die Ausdrucksfähigkeit zu weit wird, zu Papier. Eigentlich nicht zu Papier, sondern zu Laptop, manchmal auch zu Grabe. Hinein in die Tastatur damit und es entsteht eine Schwingung, fast wie bei einem Klavier. „Mit dem Berühren der Tasten bringt man ein Klavier zum Schwingen, mit einem Menschen ist es genauso". Ist die Berührung sanft und zärtlich, schüttet man dabei Oxytocin aus, das Kuschel-oder Entspannungshormon. Vorausgesetzt, man hat eine emotionale Beziehung zum Gegenüber. Andererseits kann es schnell zu einer schmerzhaften Berührung kommen, sollte man – ohne vorher zu fragen – auf der Straße jemanden sanft und zärtlich zu berühren versuchen.

Ein 70 jähriger Volksschuldirektor in Ruhe erzählte mir, meine These hätte ihn so stark beeindruckt, dass er sich auf dem Nachhauseweg Schritt für Schritt monoton und rhythmisch „Oxytocin, Oxytocin …" vorsagte. Zuhause angekommen und um den Überraschungseffekt zu steigern, läutete er an der eigenen Haustür an und umarmte seine öffnende Frau heftig. Diese ließ es über sich ergehen, starrte ihn an und meinte „Du Ox!".

Waren Sie schon einmal auf der Frankfurter Buchmesse? Kilometerlang Bücher, nichts als Bücher. Wer schreibt denn die alle, wer kauft denn die alle, wer liest denn die alle?

Diese Autoren schreiben aus verschiedenen Gründen. Entweder aus einem egozentrischen Weltbild heraus, das jedes noch so kleine Schamhaar verbrennt, sollte es sich auch nur 1mm aus der vorgegebenen Umlaufbahn entfernen. Sie schreiben, weil man damit Geld verdienen kann, das man wiederum in Bücherkauf investiert. Und wenige, die wenigsten, schreiben, weil sie wirklich was zu sagen haben, sie aber nicht gut reden können und deshalb auf die schriftliche Form der Kommunikation angewiesen sind. Und wissen Sie was? Ich selbst schreibe aus all diesen Gründen zusammen.

LOSLASSEN … UND AUFKLATSCHEN

Es gibt Sprichwörter und Floskeln, die sind außer dumm gar nichts. Niemand wird mir stichhaltig erklären können, warum die Reihenfolge „zuerst die Arbeit, dann das Spiel" einzuhalten, sinnvoll sein soll. Kein Kind zumindest. Da halte ich mich doch lieber an John Steinbeck mit seinem „Die Kunst des Ausruhens ist Teil der Kunst des Arbeitens". Ich vermute, es stammt noch aus einer Zeit, als man sich durch Lustverbote aller Art besondere Verdienste im Ansehen erwerben wollte.

„Was du heute kannst besorgen, dass verschiebe nicht auf morgen". Gilt das auch für das gegenseitige „besorgen", dass zu meiner Jugend eine völlig andere und vom Erfinder der Weisheit sicher nicht beabsichtigten Bedeutung hat? Und wenn ausgerechnet HEUTE die Sonne strahlt und morgen Regen gemeldet ist, muss dann wirklich Stiegenhaus und Lampenschirm geputzt werden oder geht das auch MORGEN?

„Du sollst dich nach der Decke strecken“ .Nachdem ich bis heute nicht herauskriegen konnte, welche Decke gemeint ist und wozu die Verrenkung gut sein soll, bevorzuge ich meine wohlig warme Kuscheldecke, unter der ich mich tatsächlich gerne ausstrecke.

Sprichwörter haben es an sich, dass sie das Gegenüber hirntechnisch sofort vereinnahmen. und selbst, wenn man so etwas Unsinniges, wie „das dicke Ende kommt zum Schluss“ von sich gibt, beginnt die gedankliche Mischmaschine sich zu drehen. Der einzige Nutzen dabei ist, dass man bei einer unangenehmen Fragestellung eines anderen Zeit gewinnen und sich aus dem Staub machen kann.

Die Oberliga bei besonders hartnäckig Loszuwerdenden wäre dann in einem „die Wurzeln erzählen den Ästen nicht, was sie denken“ zu finden. Und Schachmatt kann man jemanden setzen, wenn man ihn mit einem „Wasser hat keine Balken“ feierlich lächelnd stehen lässt. Wenn man nämlich den Sinn in einen sinnlosen Zusammenhang setzt, kommt sich der andere dumm vor, diesen nicht zu erkennen. Und man wird bestenfalls als Gesprächspartner gemieden. Probates Mittel bei unangenehmen Kollegen bzw. der weiteren Verwandtschaft, sollte man keinen Wert auf allzu große Nähe legen. Schlagfertig sein, ohne den anderen mundtot zu machen.

Es gibt sogar bei den Aussprüchen eine Mode, sogenannte „Designersager“. Haben Sie schon einmal jemanden „dort abgeholt, wo er gerade steht“? Ich schon. Diese Empfehlung liest man nicht nur in einschlägiger pädagogischer und psychologischer Fachliteratur. Am öftesten holte ich meine Kinder bei der Schule oder am Bahnhof ab. Wenn sie dann nicht pünktlich dortstanden, war ich ziemlich verzweifelt, weil die Menschen laut moderner, gesellschaftlicher Verordnung doch alle dort abzuholen wären, wo sie gerade stehen. Wo stehen denn meine Kinder?

Wenn jemand nach Auffassung Gutmeinender und Schlechtdenkender trauert, hört man gerne „du musst loslassen“. Ich kann mich schmerzhaft erinnern, diesen Rat zweimal befolgt zu haben. Das erste Mal, als mich mein lieber Onkel Pepi, passionierter Bergsteiger i.R., an eine Kletterwand führte. Flugs kraxelte ich, dreifach gesichert, die Wand sechs Meter hoch, hin und her, und schließlich wieder hinunter. Zwei Meter vor dem Boden hörte ich ein „lass los“, was so viel bedeuten sollte, „lass dich ins Seil fallen, du wirst gesichert“. Voller Vertrauen ließ ich los … und klatschte auf. Das zweite Mal spazierte ich mit unserer Boxerhündin Dora am Straßenrand entlang, brav angeleint. Der Hund. Ein erfahrener Hundefreund, der nie einen besessen hatte, begegnete mir und meinte „lass los“, was ich wegen des ausgeprägten Bewegungsdranges des Tieres auch befolgte. In diesem Moment kam ein Lastwagen samt Anhänger dahergefahren. Auf dem Anhänger lag eine Baggerschaufel. Hund über Straße, Vollbremsung, Baggerschaufel zuerst auf Deixel, dann auf Straße, schreiender Lastwagenfahrer. Schadenshöhe Schilling 38.000. Für Leser jüngeren Semesters € 2.714,-. Danke der Hundeversicherung und meinen starken Nerven.

Und es soll nicht sein „Die Moral von der Geschicht … bad`zwei in einer Wanne nicht“. Im Gegenteil.

Selbst noch so gängige Aussprüche kann man gehen lassen, wenn der Sinn für einen selber wertlos ist.

DIE WARTESCHLEIFE

Ich habe eine alte Frau kennengelernt, die mir folgendes erzählte:

„Als ich im Krieg zur Welt kam, hatte man kein Bettchen für mich, weil diese bereits von meinen älteren Geschwistern belegt waren. Deshalb wurde ich in eine Schublade einer Kommode gelegt und musste warten, bis ein Bruder groß und ein Bett frei wurde. Wir gingen oft zur Kirche, um zu beten, dass der Vater wieder heimkommen möge aus Russland. „Jesus, der du Blut geschwitzt hast“. Mach, dass mein Vater kein Blut schwitzen muss und überhaupt nicht blutet. Ich konnte das Ende des Rosenkranzes und die Heimkehr meines Vaters abwarten. Ich wollte Lehrerin werden, weil ich so gerne bestimmte und mich nur einmal nicht hinten anstellen wollte. Die Ersten werden die Letzten sein und ich musste wieder warten, bis mich der Bursch aus dem Ort, den die Eltern ausgesucht hatten, heiratete. Wir bekamen zwei prächtige Kinder und ich schaute ihnen beim Entwickeln zu und wartete, bis sie das Haus verließen. Dann wollte endlich ICH an der Reihe sein und nicht mehr warten. Warten auf den Tod meines ungeliebten Mannes und die Gedanken daran zu ertragen. Ich lief weg, fand Arbeit in einer anderen Stadt und die Freiheit.

Seitdem warte ich auf’s Sterben.“

DANKE FÜR`S TANKEN

Ein unglaublich entstressender, wenn auch aus der Mode gekommener Begriff ist der der Dankbarkeit. Ich bin mir sicher, dass jeder, wirklich jeder Mensch, den ich kenne – und ich kenne viele – irgendeinen Grund hat, um dankbar zu sein. Man muss dabei nicht übertreiben, so wie in dem berührenden Buch von Franz Innerhofer`s „Schöne Tage“, bei dem sich der kleine Bub hinterher für die Schläge des Vaters bedanken musste, weil dieser doch dadurch bewies, dass er ihm die bestmögliche Erziehung angedeihen ließ. Und es ist auch schwierig, einem Partner oder seinen eigenen Kindern in Ausnahmesituationen Dank und Anerkennung zu zollen. Und selbst in der Extremsituation pubertierender Söhne hilft der tröstende und milde Ausspruch eines betagten, kinderreichen Mannes, der meinte: „Diese Jahre muss man als Eltern nur aushalten, sonst nichts. Das vergeht genauso wie es gekommen ist. Nur da sein und – solange sich die Kinder halbwegs im Rahmen des Jugendschutzgesetzes bewegen – keine weiteren, ungefragten Ratschläge.“ Danke, für diesen Ratschlag. Das Jugendschutzgesetz in Österreich ist zwar bundesländerweit unterschiedlich, aber doch so ausgelegt, dass „halbwegs im Rahmen“ heißt, dass 16-jährige erst im Morgengrauen wieder ins Elternhaus wanken müssen. Sie sind dann früh heimgekommen, und mehr wollten wir Eltern ja nicht.

Man braucht sich auch nicht extra für einen untreuen Ehepartner bedanken, denn das ist meist sowieso im Ehepaket inkludiert, im Kleingedruckten, das keiner liest. Aber vielleicht danke, dass ich durch diesen Schmerz spüre, dass ich lebe und danke, dass wenige Menschen bereit sind, sich diese Sorgen wieder und wieder anzuhören. Danke an Freunde und -innen, mit denen ich lachen und weinen kann, am besten gleichzeitig.

Dankesehr für die Eltern, auch wenn man vielleicht im Groll mit ihnen ist oder sie schon gestorben sind. Sie haben den Grundstock für unsere Talente gelegt und als Erwachsener kann man sich für ein selbstverantwortliches Handeln völlig frei entscheiden. „Wenn du aus dem Bach trinkst, vergiss die Quelle nicht." (chines. Sprichwort) In diesem Sinne tausend Dank für die Fähigkeit des Verzeihens und Vergebens, zu der einzig wir Primatenmenschen in der Lage sind. Oh, wie arm sind Menschen, die diese kurze Zeitspanne der körperlichen Wahrnehmung mit Rachegedanken und Ignoranz zubringen. Keinem Löwen würde es einfallen, einer Gazelle zu verzeihen, dass sie mit ihrem aufreizenden Körper wiederholt langsam an ihm vorbeispaziert und dies nicht als Provokation auffassen. Oder ein Fisch einem Wurm, wobei der Wurm vorher dem Angler die Absolution erteilen müsste.

Dankeschön auch für die Landschaft, in der wir leben und die es ohne Regen, Schnee und Nebel nicht in dieser Form geben würde.

Herzlichen Dank für die freie Meinungsäußerung, ohne dich ich mit meinen sich manchmal verselbständigenden Worten in anderen Ländern schon einen quergestreiften Pyjama tragen würde. Aber woher soll ich wissen, was ich denke, wenn ich nicht höre, was ich sage?

Verbindlichsten Dank für die großen und kleinen, schönen und hässlichen Tiere, dich ich bis auf die lästigen Haxelbeißer beim Laufen allesamt faszinierend finde.

Danke für die Ärzte, Lehrer, Politiker, Polizisten und Priester, über die ich mich so aufregen muss. Wie ungesund, ungebildet, gefährlich und ungesegnet wäre das Leben jedes Einzelnen ohne sie. Der Topf ist groß und die Versuchung, einzelne Berufsgruppen in ebendiesen zu werfen, sollte möglichst klein bleiben.

Danke für Vorgesetzte, die monatlich das Gehalt pünktlich überweisen und falls nicht – danke für das Sozialsystem, das einen Ausgleich schafft. Diesen Dank kann man dem Geldüberweiser auch mündlich oder schriftlich zukommen lassen und er freut sich. Vielleicht zieht es sogar eine Gehaltserhöhung nach sich. Gehaltserhöhungen sind relativ leicht erhältlich, man muss nur fragen und das tun so wenige. Es lohnt sich. Bedankt sich ein Chef auch für die geleistete Arbeit seiner Mitarbeiter nicht nur an alkoholgeschwängerten Weihnachtsfeiern und Firmenjubiläen, kann das zu einem ungeplanten Motivationsschub im Unternehmen führen. Man jammert weniger und steckt damit seine Kollegen nicht an und spart sich vielleicht den einen oder anderen Krankenstand, weil die Arbeit doch geschätzt wird. Wenn das schon menschlich ohnehin nicht selbstverständlich ist, bitte den „return on investmentfactor“ zu bedenken. Bei € 1,- in den Mitarbeiter investiert, bekommt das Unternehmen bis zu € 6,- zurück. Also „Danke, Herr Müller, schön, dass Sie sich schon jahrelang bemühen, Ihre Arbeit qualifiziert abzuliefern.“ Ansonsten schlittern nämlich immer mehr Dienstnehmer in eine Gratifikationskrise, was nichts anderes sagen will, als dass die geleistete Arbeit nicht eine entsprechende Anerkennung am anderen Ende der Leistungskette findet.

Danke für die Gesundheit, auch wenn es manchmal heißt: “Alles, was im Körper funktioniert, tut weh und alles, was wehtut, funktioniert nicht mehr.“ Dann wenigstens danke für das Gesundheitssystem, bei dem man sich mit einem kleinen, grünen Kärtchen Zutritt zu der drittbesten gesundheitlichen Versorgung weltweit verschafft.

Und ja, danke für`s Tanken, sonst müsste ich all die Irrwege in meinem Leben zu Fuß erledigen. Umwege sind mühsam, aber sie erhöhen die Ortskenntnis.

LACHEN

Mit dem Lachen ist es so eine Sache. Lacht man zu laut, wird man schnell lächerlich. Ein leises Lachen wird schnell als kichern interpretiert. Wenn jemand ständig lacht, ist er entweder deppert oder will einem etwas verkaufen.

Dabei ist lachen so gesund: Das wunderbare ist, das es ganzheitlich wirkt, körperlich und seelisch. Es kommt zu rasanten, unfreiwilligen Zuckungen und man wird sozusagen durchgerüttelt, dass einem fast der Atem wegbleibt. Dadurch wird der Kreislauf aktiviert, manche beginnen sogar zu schwitzen bis hin zum Fieber. Hypothermie wird das genannt, in diesem Fall eine kostenlose Behandlung. Die gesamte Muskulatur wird zuerst kräftig angespannt, um hinterher in den Entspannungszustand zurückzusinken. Ganz zu schweigen von der Gesichtsmuskulatur, die bei ständigem Training kleine Fältchen um die Augen und süße Grübchen links und rechts des Mundes hinterlässt. Keine noch so gute Kosmetikerin würde das so hinkriegen. Außerdem kommen in einem weiteren Aspekt die Entspannungsprofis und Ökonomen auf ihre Rechnung: Bei einem finsteren, grimmigen Gesicht braucht man 65 Muskeln, ein freundliches Gesicht benötigt genau 10 Muskeln, die aktiviert werden müssen. Bei einer heftigen Kontraktion – man stellt sich den Nachbar vor, der im Anzug vor seinem Pool ausrutscht und hineinfällt – kommt es zur Ausschüttung sogenannter Glückshormone. Diese werden im Gehirn produziert und sind somit steuerbar. D.h., wenn der Nachbar nicht freiwillig ausrutscht, könnte man eventuell etwas … .

Ich wollte sagen, man schüttet Serotonin und Dopamin aus und in ganz besonderen Fällen auch Endorphine. Das wäre aber dann schon der ganz besondere Kick, da müsste die Nachbarin im

Abendkleid versuchen, ihren Gatten vom Poolsturz abzuhalten und selber untertauchen. Dann gibt es ein richtiges Endorphinenfeuerwerk, das in abgeschwächter Form bis 24 Stunden anhält, vorausgesetzt, man ist in der Lage, sich diese Szene immer wieder vor das geistige Auge zu rufen.

Es gibt im Gesicht zwei Punkte, die muskuli risorii, die Lachmuskeln, die bei regelmäßiger Aktivierung Wohlbefinden auslösen. Da genügen schon kurze Sequenzen, um in eine Art benebelten Zustand zu kommen. Je mehr gelacht wird, desto benebelter. Man fühlt sich ungefähr so, wie wenn man Drogen nimmt oder einem von einem Unbekannter auf der Straße ein Batzen Geldscheine in die Hand gedrückt wird mit dem freundlichen Hinweis „die brauch ich nicht mehr“. Oh, ich kann die gut gebrauchen und schwuppdiwupp, schütte ich sie schon wieder aus, die Hormone.

Ich gehe davon aus, dass der Mensch ein Wunderwerk der Natur ist, aber hier dürfte eine Kleinigkeit übersehen worden sein. (draußen hat es gerade geblitzt und gedonnert). Dieses Gefühl der Leichtigkeit und Unbeschwertheit lässt sich nämlich künstlich erzeugen, vielleicht nicht ganz so heftig, aber immerhin.

Sollte man tatsächlich einmal einen ganzen langen Tag überhaupt keine Gelegenheit finden, herzhaft zu lachen, dann kann man sich am Abend vor den Spiegel stellen, einen Bleistift zwischen die Zähne nehmen und die Mundwinkel spreizen. Vier Minuten, das ist nicht zu viel verlangt, wenn man an den Effekt denkt. Das Lachen masturbiert in diesem Fall, zu zweit wär`s schöner, aber wenn man niemanden hat und doch will … . Wenn man bis zum nächsten Morgen immer noch nichts zu lachen gefunden hat, empfiehlt es sich, mit dem kostengünstigen Trainingsgerät im Mund den Einkauf zu erledigen oder eine Runde durch die Firma zu spazieren. Dann haben die anderen auch etwas zu lachen.

Ich hab es mir mittlerweile zur Gewohnheit gemacht, auf langen Autofahrten immer wieder die Mundwinkel hochzuziehen und einige Sekunden zu halten. Auf ampelgeregelten Kreuzungen kurz links und rechts aus dem Fenster geschaut, erhöht das den Flirteffekt.

Lachen ist die kürzeste zwischenmenschliche Distanz und sozial. Es hat in erster Linie mit Beziehung zu und nichts mit Humor zu tun und hat sich ursprünglich aus dem Spiel entwickelt. Ein viermonatigen Säugling oder ein Primatenvater lacht nicht, weil sie der Humor des Gegenübers so anspricht. Es ist eine Aufforderung zum Spiel „mach weiter, das ist ein tolles Gefühl". Der Unterschied zwischen Humor und Lachen ist einfach erklärt. Man kann über sich selbst lachen, das wäre Humor, aber man kann sich nicht selbst kitzeln. Das Kitzeln erfordert immer eine emotionale Beziehung zum Gekitzelten, und niemand käme auf den Gedanken, jemand fremden auf der Straße ungefragt zu kitzeln. In seinem Buch „ein seltsames Wesen" meint Robert Provine gar, das Kitzeln sei die gutmütigste Form einer Konfliktaustragung, weil man sich doch heftig dagegen zu wehren versucht. Anfangs zumindest.

Sigmund Freud`s Zitat „Humor ist eine reife Auseinandersetzung mit sich selbst" beruhigt mich und bestätigt meine Reife, manchmal sogar Überreife. Bei meinen vielen Vorträgen mit Kontakten zu unterschiedlichsten Personen passieren Hoppala`s, die mit auch große Peinlichkeiten bescheren und manchmal suche ich vergebens einen Tisch, unter dem ich mich verkriechen könnte. Hätte ich nicht die antrainierte Gabe, mir vorzustellen, das alles sei nicht mir, sondern meiner Freundin passiert. Dann nämlich, ja, dann, wäre es zum schieflachen. Ich habe die unsäglich dumme Angewohnheit, keine Stiege vornehm und fein hinaufzuschreiten, ich muss sie entweder laufend oder meistens zwei Stufen auf einmal hüpfend, überwinden. Bei dem zweiten

Vortrag meines Lebens, ohnehin nervös bis hinter beide Ohren, sprang ich wieder federleicht mit leider erst hinterher festgestellten, zu hohen Absätzen die Treppe hoch. Ich kam auch bis nach oben und genau beim letzten Sprung flog mir in hohem Bogen ein Stöckel davon. Nicht ganz, er hing noch ein bisschen an der Sohle und ich hätte den Schuh versohlt, wäre da nicht schon der volle Saal mit noch volleren Menschen, die mich reden hören wollten. Ich ging, oder besser gesagt, humpelte nach vorne, stotterte meine Begrüßung und fragte, ob es sehr stören würde, meine Ausführungen in Socken abzuhalten. Danke, Herr Freud, Sie machen mir Freude und haben leicht lachen!

Dass ich bei einer anderen Gelegenheit als Antwort auf eine Zwischenmeldung aus dem Publikum laut lachen musste und dabei mein Zuckerl einer feinen Dame in der ersten Reihe ins Gesicht spuckte, war dann doch zuviel. Ich dachte ernsthaft darüber nach, meinen Beruf an den Nagel zu hängen, wäre da nicht Gott sei Dank die motivierende Sache mit der Handtasche geschehen. Vortrag Nr. 3 führte mich über die natürliche Grenze der Donau ins Mühlviertel. Und ich hatte Glück. Mit den Mühlviertlern, die schon mehrfach vorher und hinterher Humor bewiesen und mich mit ihrem langanhaltenden Lachanfällen mitrissen. Ich ging nur noch schnell auf die Toilette und ließ die Zuhörer warten, stellte eilig meine geöffnete Handtasche ins Waschbecken, griff nach meinen Haaren und sah mit Entsetzen, wie viel Wasser ungefragt meine Handtasche füllte. Sonst nicht schwer von Begriff, versuchte ich panisch, den Hahn abzudrehen, was bei einer Lichtschranke mechanisch nicht möglich ist. Ich riss das triefende Ding schließlich heraus, flitzte wie Mr. Bean von einem Ende des Klo`s in das nächste und entschied mich schließlich, die Sache in mein Programm einzubauen. Ruhig, fast zu ruhig, betrat ich den Veranstaltungsraum, schritt bedächtig nach vorne und zog eine Wasserspur nach. Das Publikum – Sie haben es erraten – dachte, das gehört zu meinem Programm und begann heftig zu klatschen. Mutig.

HÄNDE HOCH UND KEINE BEWEGUNG!

Diese alte Cowboyregel birgt den Widerspruch quasi in sich. Sobald ich die Hände in die Höhe reiße, bewege ich mich. In dieser Hinsicht können wir uns zu Karl May`s Zeit einiges abschauen, lange bevor das Aerobic Zeitalter von der Zumba Liga abgelöst wurde. Und obwohl die Bonanzatruppe keine Ahnung von der tatsächlichen Lebensverlängerung dieser Handbewegung hatte, führt sie durch diesen knapp hervorgepressten Befehl genau zu dieser.

Mit der Bewegung ist es so eine Sache. Kindern ist es instinktiv lustig, sich zu rühren und zu bewegen. Wie ich eineinhalb bis zweijährige Kleinkinder bewundere beim wiederholten Aufziehen an einem Sessel oder beim Aufheben eines Balles. Auf und nieder, auf und nieder, hunderte Male am Tag. Alles kein Problem, weil lustig, sinnvoll und selbstwertstärkend. Arme Kindheit, in der man keine Möglichkeit der örtlichen Radiuserweiterung geboten bekommt. Von einem Freund zum anderen, dann in den Wald und wieder retour. Per pedes, versteht sich.

Mit zunehmendem Alter wird diesem natürlichen Drang zur Bewegung durch eigene Muskelkraft oft nicht mehr nachgegangen. Neulich erzählte mir ein korpulentes Schwergewicht, männlich, fünfzig Jahre, dass er in seiner Jugend ein Spitzensportler war. Aber irgendwann habe er begonnen sich mehr zu ernähren und weniger zu bewegen. Schade eigentlich, wenn man bedenkt, wie angenehm die Erschöpfung sich nach einem Waldspaziergang anfühlt.

Jede äußere Bewegung bewirkt eine innere Bewegtheit und umgekehrt. Das bedeutet, dass ich mit meinem Körper die Emotionen steuern kann. Glauben Sie mir nicht? Dann darf ich Sie auf ein Experiment am eigenen Körper und der eigenen Seele einladen.

Stellen Sie sich bitte die Eieruhr auf fünf Minuten und gehen Sie durch Ihr Wohnzimmer. Es empfiehlt sich, bei diesem Versuch alleine im Haus zu sein. Sie sollen nämlich den Kopf und die Schultern möglichst tief hängen lassen und schlurfenden Schrittes gehen. Und dabei ja nicht lächeln oder gar lachen. Sie zerstören ansonsten den Anschauungseffekt. Dann legen Sie sich fünf Minuten auf die Couch und lassen die Emotion wirken.

Wieder aufstehen, Eieruhr auf weiter fünf Minuten stellen. Jetzt stellen Sie sich einen roten Teppich vor, schreiten Sie mit arroganter Kopfhaltung (Kinn in die Höhe) herum. Dabei Schultern zurück, Brust heraus. Alle Kameras sind auf Sie gerichtet, weil Sie die Schönste, der beste Autor, der tollste Techniker und Friedensnobelpreisträger sind. Lächeln Sie nach links und rechts freundlich in die Menge – ich hoffe, Sie sind noch alleine daheim – und genießen Sie das Gefühl. Wieder auf die Couch, Gefühl wirken lassen. Merken Sie einen Unterschied?

Deshalb achten Sie auch immer wieder, wie Sie gehen oder sitzen, richten Sie sich dazwischen auf, gehen Sie 3-4 Schritte mit übertriebenem Hüftschwung und fühlen Sie, was dann in Ihrem Inneren geschieht. Wenn Sie traurig sind oder sich eine depressive Verstimmung ankündigt, bitte nicht auf die Couch. Schonen Sie diese, ziehen Sie sich sofort an und bewegen Sie sich ca. zwanzig Minuten in der Natur. Wetter-, gewichts- und altersunabhängig, Ausreden gelten nicht. Diese Bewegung soll für Sie rhythmisch, schwingend und lustvoll sein. WAS genau Sie machen … . Ihrer Phantasie sollen keine Grenzen gesetzt sein. Ob Sie gehen, walken, leicht trabend laufen, schwimmen, Unkraut zupfen oder Holz hacken, radfahren oder Trampolin springen, denken Sie an das Gefühl hinterher. Sie halten dadurch Ihren Cortisolspiegel in Schach. Cortisol ist nach Adrenalin das zweite Stresshormon und wird wie alle Hormone, im Gehirn produziert. Während sich Adrenalin schnell wieder abbauen lässt, sobald die Gefahr, sprich Hund über die Straße, nervöser Chef, Kaffee bei Schwiegereltern usw. vorbei ist. Das Cortisol ist da hartnäckiger und für diesen Abbau muss schon eine moderate, aber wiederholte Bewegungseinheit aufs Parkett legen.

Wissen Sie, was Aristoteles, Begin und Saddat, Reagan und Gorbatschow mit Gisela Steinkogler gemeinsam hatten? Nein, nicht den Bekanntheitsgrad. Sie alle haben Ihre besten Ideen im Gehen entwickelt. Ob das jetzt am Genfer See, im Camp David oder im Kobernaußerwald war, ist primär, wie Toni Polster sagen würde. Bei meinen täglich ausgedehnten Streifzügen durch den Wald, mit oder ohne Pferd, erfinde ich die Ideen für meine Seminare, Vorträge, Einzeltrainings. Einziges Problem dabei ist, dass ich möglichst schnell wieder heimkomme, damit ich das Gedankenfeuerwerk nicht vergesse und zu Papier bringe. Aber das ist eine andere Geschichte.

Der Philosoph Friedrich Nietsche sprach mir aus der Seele: „So wenig als möglich sitzen, keinem Gedanken Glauben schenken, der nicht im Freien geboren ist, in der freien Bewegung, in dem nicht auch die Muskeln ein Fest feiern.“

Die Farbe grün in der Natur beruhigt nicht nur das Auge, sondern den gesamten Organismus. Und bei der Farbe weiß im Winter kommt es zu einer vermehrten Serotoninausschüttung, die ab ungefähr zwanzig Minuten einsetzt.

In dieser Weite und Ganzheit bekommt nämlich alles seinen richtigen Stellenwert. Das Unbedeutende sinkt noch tiefer ins Unbedeutende, das Wesentliche wird uns wichtig. Wir erfahren, worauf es ankommt. Unsere innere Werteordnung justiert sich neu.

Sie brauchen also ab sofort eine wirklich gute Ausrede, um es nicht doch wenigstens zu versuchen, das mit der täglichen Bewegung.

SEHR WITZIG

Jemanden zum Lachen zu bringen ist eine tiefernste Angelegenheit, tiefer, als so mancher Witz. Kabarettisten, Komiker, CliniClowns, Villacher Fasching Ehrenringträger, sie alle müssen eine Ahnung haben von dem, was Menschen berührt. Deshalb wirken gute Lachkünstler auf mich trotz perfekt gesetzter Pointen und wortwitziger Gesprächigkeit immer traurig. Sie müssen sich fast überwinden, an das Fröhliche, Lachhafte in ihnen selbst zu appellieren „komm heraus, lass dich sehen und hören“. So soll es zum erla(u)chten Publikum vordringen, sie haben schließlich für`s abendliche Lachen bezahlt, wo sie tagsüber wenig zum Lachen haben. Möglichst spontan und leicht und tiefgründig soll das Lachhafte wirken und manchmal hat diese Art von Berufung einen überheblich-belehrenden Touch. Diese gefühlte Traurigkeit in mir beim Besuch eines Kabaretts finde ich bestätigt, wenn Roland Düringer aus der Szene ausssteigt, weil ihm die Gaudi der Welt zu viel wird und er seitdem ohne Licht im Dunkeln wohnt. Wenn ein nicht zu Benennender, aber Bekennender säuft, um das Lampenfieber vor und die aufdringlichen Fans nach einer Vorstellung auszuhalten. Der dritte bekannte Kabarettist in ein Burnout schlittert, das er zur Reflektierung und Aufarbeitung als Themenschwerpunkt im nächsten Programm setzte. Ein gemischtes Kabarettdouble ließ sich vorher extra scheiden, um ungestört miteinander auftreten zu können. Wer die Gaudi des Lebens und den Rummel der Massen nicht mehr erträgt ... armer Hias!

Charlie Chaplin`s Rede anlässlich seines 70. Geburtstages (siehe nächste Seite) lässt nicht einen nicht auf die Schenkel klopfen, sondern an die Stirn tippen, soviel AHA-Effekte wie sie enthält.

Bei einem meiner Vorträge „Wie kocht man einen Frosch?“ wurde ich irrtümlicherweise vom Veranstalter in den Printmedien als Kabarettistin angekündigt. Was liegt, das pickt. Und so kam es schon zu Beginn, als ich sagte, dass es sich um einen Vortrag, nicht um ein Kabarett handle, im vollbesetzten Saal, zu herzhaftem Lachen. Ich versuchte, so wie immer, mit „story telling“ meine wissenschaftlich-medizinischen Grundkenntnisse zum Thema effizienter Stressbewältigung an den Mann und die Frau zu bringen. Nach ca. 90 Minuten wischten sich sowohl die Zuhörer als auch ich, wenn auch aus unterschiedlichen Gründen, die Tränen aus den Augen.

Feinsinnig aufzuspüren, was Menschen berührt, wodurch sie sich bewegen lassen, setzt ein hohes Maß an Sensibilität voraus. Dieses dann oft in frecher, deftiger und treffsicherer Art zu präsentieren, dafür wurden Hofnarren bezahlt. Und geköpft.

Liebe zum „Lachenbringer“ und „Leuteansinger“, ich wünsche euch von Herzen, dass ihr möglichst lang und intensiv traurig seid und dadurch euren Humor nicht verliert.

I HAD A DREAM

Ich bin auf der Suche nach einem alten Menschen. Ja, ich weiß, es gibt viele, sehr viele alte Menschen und ich kenn auch welche persönlich. Von Jahr zu Jahr wird es leichter, welche zu finden, wenn man den Bevölkerungsprognosen und der demographischen Entwicklung Glauben schenken darf. Aber ich suche schließlich nicht irgendeinen Alten oder eine Alte, sondern eine ganz Besondere, ich suche sozusagen die Stecknadel im Heuhaufen. Nicht, dass ich in meinem Leben nicht schon Stecknadeln im Heuhaufen übersehen hätte, ich bin sogar einige Male draufgestiegen, aber diese Nadel suche ich noch. Einen Menschen, der trotz seines prolongierten Alters aus ganzem Herzen glaubhaft sagen kann: „Mein Leben sehe ich als erfüllt an, ich habe Gutes in die Welt gebracht und zurückbekommen. Und jetzt schließt sich der Kreis, indem ich dieses Gute dankbar an meine Kinder und Kindeskinder weitergebe." Nicht mehr und nicht weniger ist das, was ich suche.

Besonders denke ich an Tagen an einen solchen Menschen, an dem die Motivation, die Decke in der Früh vom Gesicht zu nehmen, gering ist. An einem Morgen, an dem man sich wundert, dass es wieder hell geworden ist. Wo man ein Loch spürt, dort, wo einmal die Brust war. Wenn man mit viel Glück ein ausgleichendes Unterbewusstsein vorweisen kann, das einem in dieser Nacht von einer Blumenwiese hat träumen lassen, von einem Partner, der einen nach drei Jahrzehnten immer noch liebevoll in die Augen blickt. Oder von Nachbarn, die einem nicht nur im Überschwang der neugewonnenen Nachbarschaft zum Grillen einladen. Oder man träumt gar – und das kann schmerzhaft den ganzen Tag über nachhallen – von der besten Freundin. Einer, mit der man durch dick und dünn ging. Durch dick, als man zusammen versuchte, dem zunehmenden Bauchspeck mit viel Laufen und Lachen durch den Wald Herr zu werden. Durch dünn, wenn das Eis, auf dem man sich ehetechnisch bewegte, immer dünner und man selbst immer dümmer wurde. Gemeinsam, die Freundin und ich. Im Traum wurde die heiße Kartoffel ein wenig hin- und hergewendet „Au, heiß!“, aber nie fallengelassen. Man wünscht sich, aufgefangen zu werden, wie man einst selber auffing und wünscht ihr – im Traum – ein ehrliches, gelingendes Leben.

Kurz vor dem Eintauchen in die Realität, also dem Aufwachen, noch ein schneller Traum von Brüdern und Schwestern, die sich im Herzen und in der Wirklichkeit umarmen.

Dann ist er fortgespült der Traum im Fluss der unerfüllten Sehnsüchte und was bleibt, in ein gutes Leben. Trotzdem.

IHRE SORGEN MÖCHTE ICH HABEN

Ich bin Weltmeisterin im Geschenke annehmen. Im Mai bin ich sogar in der glücklichen Lage, innerhalb von nur einer Woche Anlass für viermaliges Beschenkt werden zu geben. Zuerst Geburtstag, an dem ich von allen meinen Lieben Geschenke erwarte und das nicht zu knapp, bitte sehr. Drei Tage später folgt der Namenstag, an dem ein selbstgepflückter Blumenstrauß von denjenigen genügt, die sich das gleiche erwarten. Ich bekommen genau einen von meiner Tochter. Um den Dreittages-Rhythmus nicht zu unterbrechen kommt der Hochzeitstag. Diesen Blumenstrauß darf ich mir in den schönsten Farben selbst groß auf ein weißes Blatt Papier malen, weil er entfällt. Und selbstredend wieder in drei Tagen erwarte ich Muttertagsgeschenke. Da bekomme ich neben außerordentlich geistreichen Kurzgedichten meiner erwachsenen Kinder meistens Zeit geschenkt. Erstens, weil es wirklich sinnvoll ist und zweitens, weil es nichts kostet.

Früher war das mit dem Geschenke annehmen nicht so selbstverständlich. Ich stamme noch aus einer Generation, wo man von einer Putzfrau als Zugehfrau sprach und da mussten wir Kinder die dargereichte Schokolade erst einmal dankend ablehnen, obwohl uns das Wasser fast aus dem Mund rann. Man musste sich zieren. Da mir diese Eigenschaft bis heute suspekt geblieben ist, habe ich als Kleinkind zwar brav „Nein, danke“ gesagt, aber doch energisch nach dem Geschenk gegriffen, damit der Besuch nur ja nicht auf die Idee käme, ich könnte es ernst gemeint haben.

Ich erlebe immer wieder, wie schwer es für manche Menschen ist, Geschenke, auch nicht materieller Art, anzunehmen. Z.B. in Form von dargebotener Hilfe. Es wird auf Biegen und Brechen (siehe Kapitel „gebrochene Herzen“) versucht, ein Problem oder eine gestellte Herausforderung selbst zu lösen, obwohl man sich überfordert fühlt und man ohnehin keine Kraftreserven mehr besitzt. Und vor lauter Beschäftigung und Fokussieren auf die herbeigesehnte Lösung sieht man die gereichte Hand nicht mehr. Dass sich in Österreich mehr Menschen das Leben nehmen als es Verkehrstote gibt, erschrickt mich aufs Äußerste. Leben diese Menschen alle in einem Vakuum in einem schwer zugänglichen Gebirgstal oder in nicht zu erreichenden Höhlen? Oder sind es Kollegen, Nachbarn, Verwandte, Freunde, die mir schon seit längerem auffallen. Weil ihr früherer Humor plötzlich einem unerträglichen Dauerzynismus gewichen ist, ihre Selbstreflexion einem Schuldsuchen bei anderen. Weil die persönliche Verantwortung ein ständiges Jammern über Staat, Kirche,

Gesundheitssystem und der schlechten Welt im allgemeinen weicht? Ein Nachfragen „Wie geht es dir, du wirkst so traurig?“ o.ä. kann Leben retten.

GEBROCHENE HERZEN

Es gibt tatsächlich eine Diagnose, die „broken heart syndrom“ heißt. Die ist aber noch nicht so alt wie z.B. ein “grippaler Infekt“, die gibt es schon länger. Bleibt die Frage, ob die Herzen früher vorsichtiger waren und sich nicht so schnell verletzten oder ob sie härter im Nehmen waren. Die Herzen, von denen ich spreche, sind die gefühlten, und gemeinerweise zieht ein solcher Schmerz Schaden am körperlichen Organ nach sich. Und wenn der Schmerz gar heftig und die seelische Widerstandskraft bereits angegriffen ist, kann es im worst case zu einem cardialen Genickbruch kommen. Dann ist es nicht so, wie mein kleiner Sohn einmal versicherte, als ich nach einem Sturz zu ihm eilte:“ Nichts passiert, Mama, habe mir nur ein wenig das Genick gebrochen!“. Dann ist Schluss mit lustig. Meistens bekommt man vorher einige Streifschüsse in Form von Beklemmungsgefühlen und bestenfalls unklare Angstzustände. Bestenfalls deshalb, weil einem ab jetzt Zeit bleibt, die notwendige Blut- und Sauerstoffzufuhr nicht noch weiter durch Missachtung der emotionalen Schieflage zu prolongieren. Dem Herzen bleibt sozusagen die Luft weg und es wird in die Knie gezwungen.

Probate Mittel mit vielversprechenden Heilungschancen sind der Aufbau und das Intensivieren von Sozialkontakten, das Wiederaktivieren von Hobbies aller Art. Erholungsphasen einlegen,

Entspannungsübungen, auch wenn`s fad ist, praktizieren. Sinn sehen bei dem, was eben täglich so zu tun ist … UND harmonische, familiäre Beziehungen.

Hals-und Beinbruch, liebes Herz.

SCHEISS`DI NED AUN

Diesen deftigen, präzise formulierten Titel, der mir mächtig imponiert, wird tatsächlich von einem Referentenkollegen verwendet. Obwohl ein ganz anderes Thema behandelnd, fand ich ihn auf Anhieb gut und überlegte, ob ich nicht das biblisch – höflichere Pendant dazu „Fürchte dich nicht“ für meine eigenen Vorträge nehmen könnte. Gemeint ist damit nicht, den in jedem Menschen innewohnenden, stressverschärfenden Gedanken „Sei auf der Hut!“ sträflich zu missachten und eine Grenzüberschreitung nach der anderen auf`s ohnehin glatte Gesellschaftsparkett hinzulegen. Ich will nur aufzeigen, dass man durch einen erhöhten Gedanken dieser oder ähnlicher Art zwar ständig Risiken vermeidet und nicht im geringsten leichtsinnig ist. Grundsätzlich lobenswert, bringt man sich dadurch aber um das so wohltuend übermütige Gebärden in Spontansituationen, das freie Lachen in vielleicht peinlichen Situationen und eine generelle Unbeschwertheit sowieso. Ratsam in peinlichen Situationen, die einem selber betreffen, ist es, sich sozusagen aus einem objektiven Beobachtungsposten zuzusehen und viel Ernstes wird plötzlich leicht und fröhlich. Das Leben hat es an sich, dass man manchmal Entscheidungen ohne vorherige Prüfung der möglichen unerwünschten Nebenwirkungen und Risiken zu treffen hat. Und nachdem nicht jeder einen Arzt oder Apotheker im Haushalt führt, kann es hilfreich sein, so etwas wie ein Urvertrauen ins Leben am Nachtkästchen liegen zu haben. Es gilt auch, dieses Vertrauen an jemanden abzugeben, der es besser kann oder weiß als ich selber. Und wenn es der liebe Gott ist, der mir bitte jetzt helfen soll, weil ich in einer bestimmten Situation nicht mehr weiter weiß. Profaner geht die Hilfeannahme auch oder zusätzlich mit Menschen, die Geld dafür nehmen, zu helfen. Das ist erlaubt, weil sie sich in bestimmten Dingen besser auskennen als ich selber. Ich fahre ja auch mit einem pfeifenden und quietschenden Auto in die Werkstatt und baue nicht selber den Motor aus, um ihn hinterher in den Kofferraum zu legen, weil ich doch keine Ahnung habe.

Es gibt noch einen anderen Gedanken, der einen massiv unter Druck setzen kann und bei dem man sich hin und wieder den Titel ins Bewusstsein rufen sollte, um nicht dem übertriebenen Kontrollismus zu unterliegen. „Sei perfekt!“ ruft das Gehirn und man braucht schon eine große Überlistungskunst des inneren Schweinehundes, das nicht auf allen Ebenen und Gebieten zu sein. Es ist einleuchtend, dass eine Krankenschwester sich nicht mit folgenden Worten des eigenen Perfektionismus entziehen kann: “Ach, was ich soeben in die Infusion gemischt habe, wird schon passen, die Gestrigen haben es auch überlebt.“ In diesem Fall muss sie perfekt sein und der Wunsch, ein positives Ergebnis abzuliefern, hat oberste Priorität. Die Frage stellt sich, ob sie es zuhause auch sein muss oder inwieweit sie es schafft, ohne schlechtem Gewissen das Haus zu verlassen, wenn sich das Betten machen einmal am Morgen nicht mehr ausgehen sollte.

Inwieweit will ich nach dem „Habt mich alle lieb“-Prinzip, dass ich außerhalb dem üblichen, freundlichen und gegebenenfalls herzlichen Umgang mit meinen Miterdbewohnern unbedingt angenommen, anerkannt und zugehörig sein will? Muss ich wirklich müssen, was andere wollen und mir die Haxen ausreißen, obwohl es vielleicht gar nicht geschätzt, nicht einmal erwartet wird. Familie z.B. heißt nicht, dass einer, meist EINE, arbeitet und drei Personen zuschauen. Es darf in diesem Fall und auch in der Firma um Hilfe geben werden. Und wenn man das gar nicht anschauen kann, wie hilflos jemand anderer sich bei der häuslichen Arbeit anstellt, dann empfiehlt es sich, für die Dauer der Ausübung der lästigen Tätigkeit, den Raum zu verlassen. Inwieweit getraue ich mich, die wiederholte Bitte für dies oder jenes eines Kollegen mit einem „schön, dass du schon wieder an mich denkst, aber ich möchte das nicht tun", ablehnen? Kommt da sofort das liebe, kleine Mädchen und der hilfsbereite, freundliche Bub in mir zum Vorschein, der immer gleich so brav half? Niemand soll hier zum Egoisten gemacht werden, im Gegenteil, der Weg weg von der Ego- hin zur Soziozentrik wird immer wichtiger. Allerdings ist diese Hilfe am Nächsten nur dann möglich, wenn ich meine eigenen Grenzen wahrnehme und mich vor Grenzverletztungen aller Art schütze und meine Tankstellen habe, um mich vor Überforderung zu hüten. Ich kann nur helfen, wenn ich selber stark bin, ich bin nur stark, wenn ich auf meine Bedürfnisse achte, ich kann nur auf meine Bedürfnisse achten, wenn ich sie kenne, ich kenne sie nur, wenn ich suche, ich suche nur dann, wenn ich mir etwas Wert bin …

Es gibt Menschen, die sind so stark, dass sie beim Ausatmen Stärkemehl produzieren und die sich dann wundern, wenn sich um sie ein Schutzkreis bildet, den sich nur mehr ganz ausgebackene Zeitgenossen zu durchschreiten trauen. Dieser Mut und das Selbstvertrauen wird dann unangenehm überschritten, wenn ich ständig das Gefühl habe, in jeder Lebenssituation der Stärkste sein zu müssen. Solche Menschen haben meist mit 35 Jahren bereits Angst vor`m Altersheim, weil sie das Gefühl von Abhängigkeit von anderen, eigener Hilfsbedürftigkeit und auch einmal schwach sein dürfen, gar nicht ertragen können. Es ist ein tolles

Gefühl, eine selbstgewollte Entscheidung zu treffen. Das soll einem aber nicht hindern, vielleicht in einem Team von auch Andersgesinnten zu reflektieren und hinterfragen. Am wenigsten lernt man in der Persönlichkeitsentwicklung von Schmeichlern und Handstreichlern, wobei das zugegebenermaßen zum Einlullen und Bauchpinseln durchaus guttut, es aber nicht zu einer Grundhaltung werden soll.

Will ich mich im Leben auf neue, gewollte oder ungewollte Herausforderungen einlassen, dann ist es ratsam, das „ich kann nicht" Denken gegen ein „probieren werde ich es trotzdem" einzutauschen. Ansonsten beschränkt sich das Leben auf Routineaufgaben, die nötig sind, aber typgerecht abgestimmt trotzdem noch die Chance einer Herausforderung bekommen sollten. Es muss ja nicht gleich so übertrieben sein wie ein schräger Spruch eines Turnvereins Mitglieder wirbt „turne bis zur Urne" oder einem 106 jährigen Franzosen, der friedlich vor sich hinradelnd jeden Tag seine Runden im Rondeau des Stadions dreht. Vom Herrn Heester als Kühlerfigur auf dem Klavier auf der Bühne ganz zu schweigen. Visionen und Ziele sind erstrebenswert und erhöhen die Lebensqualität. Es lohnt, sich in einer ruhigen Stunde, an den Küchentisch zu setzen und über die Zeitspanne eines Jahres nicht nur nachzudenken, sondern diese Gedanken auch schriftlich festzuhalten.

Würde man diese Dinge ein wenig mehr beherzigen, dann merkt man plötzlich, wie wichtig es wird, das eigene Leben, und man könnte frohgemuter in die ungewisse Zukunft stapfen und sich weniger fürchten, geschweige denn anzusch …

WAS DIE OUTDOORIN (=AUTORIN) SIE NOCH FRAGEN WOLLTE

Ziehen Sie sich mit folgender Seite bitte an einen ruhigen Ort zurück, an dem Sie sich wohl und geborgen fühlen. Am besten mit Papier und Bleistift und beantworten Sie ganz für sich und ehrlich folgende Fragen. Es empfiehlt sich, nur zwei oder drei auf einmal zu reflektieren. Sollten Sie durch eine oder mehrere Fragen unter Stress geraten, wenden Sie sich bitte an mich. Ich werde versuchen, Ihnen zu helfen, warum genau Sie dadurch unter Druck kommen.

WER will gerade WAS von mir? Will ich das auch?

Bei welchen Menschen hätte ich hin und wieder gerne Ohropax in Griffweite? Warum?

Ich welcher Situation stand ich mir das letzte Mal selbst im Weg?

Mache ich oft andere Menschen für mein Leben verantwortlich?

Wie kann ich nur für HEUTE mehr Bewusstheit in den Tag bringen?

Bin ich dankbar?

Kann ich mich mit anderen mifreuen?

Kann ich schnell Hilfe annehmen? Wenn nein, warum nicht?

Wann habe ich das letzte Mal meinem Partner gesagt, dass ich ihn liebe?

Haben Sie von Ihrem Vorgesetzten gehört, dass Sie gute Arbeit leisten? Trauen Sie ihn danach fragen?

Wann haben Sie sich das letzte Mal bewusst (Schmuck, Kleidung, Ausflug, Freunde …) eine Freude gemacht?

ANFANG UND ENDE

„Und jedem Anfang wohnt ein Zauber inne,

Der uns beschützt und der uns hilft; zu leben.“

Wie wunderschön diese Worte von Hermann Hesse in Ohr und Herz nachhallen. Bei einer neuen, schwindelerregenden Liebe, einem motiviert bedingten, beruflichen Neubeginn, einer euphorisch beginnenden, neuen Freundschaft. Man fühlt sich mitgerissen in einem neuen, jedesmal wieder erstmaligen Emotionsfluss, kann das streckenweise Freisein und die Hände in die Höhe reißen – alles gelingt von selbst. Begnadet jene, die diese Gefühle nachempfinden, mitteilen und weitergeben, sich bestenfalls an solche Ereignisse erinnern können.

In diesem Zustand völlig unausdenkbar, dass dieser zauberhafte Anfang jemals einen Abfall oder gar das Ende zur Folge haben könnte. Was aber, wenn das doch – wie leider in den meisten Fällen – geschieht? Hat man dann noch die Kraft, die Hoffnung und Zuversicht, das Vertrauen in einen neuen Anfang, dem ein Zauber innewohnt? Dieses Urvertrauen ins Leben, das einem zurückbringt auf einen gangbaren Weg, scheint mir möglich.

AUGENBLICK DES GLÜCKS EINER MUTTER

Du liebes, kleines Mädchen, wie du dasitzt und mich mit deinen dunklen Augen lange ansiehst – ernst und neugierig zugleich zuerst, dann verschmitzt und lächelnd. Wie so oft. Du wunderschöne Gebärde des Schöpfers, so viel Zärtlichkeit und Wärme auslösendes Glück. In jeder deiner Lebensphasen möchte ich mit dir, du liebe Tochter der Freude ganz inniglich und von Herz zu Herz verbunden sein – so wie jetzt.

VON DER LIEBE

SCHUTZENGEL FLIEG

Ich kannte einen Menschen, den ich noch immer kenne und nicht nur kenne, sondern auch mag. Sehr sogar, er begleitet mich schon seit ewigen Zeiten, denn er ist mein Cousin und ist nur 1 Jahr älter als ich. Er ist Künstler und er malte eine ganze Epoche lang nichts anderes als Schutzengel. So lange eben bei einem Künstler eine Epoche dauert. Das kann eine Epoche von einem Monat sein, weil manche Künstler schnell denken und dann kann es sein, dass die Epochen fangen spielen wie kleine Kinder. „Renn, schneller, schneller, sonst hab ich dich!“ Und dann kugeln sie übereinander und der größere Epoch schmeißt sich auf die kleinere Epochin und sie lachen und haben viel Spaß miteinander und hin und wieder entstehen neue Epochen. Dann spricht man von einer ganzen Ära. Und so eine Ära lang malte mein Cousin Schutzengel. Er war so verliebt in seine himmlischen Begleiter, dass ich mich wetten traue, er hat heimlich und bei jeder Gelegenheit und Ungelegenheit Schutzengel gezeichnet. Beim Straßenbahnfahren, er ist selbstredend autolos, beim Wandern, überall eben. Krixikraxi, ein neuer Engel ist auf dem Papier, so wie ich, krixikraxi mir zu den unmöglichsten Begebenheiten Notizen mache, um nur ja kein Detail einer Geschichte zu vergessen. Martin hatte in einer überdimensional großen, ehemaligen Fabrikshalle ein Atelier, das er auch bewohnte und sich dadurch Tag und Nacht himmlischen Beistand sicherte. Eines schönen, nein, eines schrecklichen Tages ging diese Halle aus ungeklärter Ursache in Flammen auf. Ich sah dieses Horrorszenario im Fernsehen, obwohl ich so gut wie nie fernsehe und weinte, weil ich an all die kleinen, süßen Schutzengel und die bis zu 3x5m großen, furchterregenden Erzengel denken musste. Und natürlich an das Entsetzen und die große Traurigkeit, die meinen Cousin überfallen haben musste angesichts der wütenden Feuersbrunst und der lautlosen Hilfeschreie seiner Licht- und Luftwesen. In größter Not muss man dem anderen beistehen und so rief ich ihn an – wozu hat man eine Verwandtschaft – und bot meine Hilfe an. „Soll ich kommen, trösten, tragen, löschen, in die Arme nehmen … ?“

Martin war gar nicht zu Hause „WAS ist passiert? Das weiß ich ja gar nicht. Da muss ich gleich hinfahren. Mach dir keine Sorgen, den Engeln ist ganz sicher nichts passiert.“ Fassungslos bedauerte ich insgeheim seine Unbeschwertheit, ich nannte es Naivität und den Glauben daran, er würde auch nur ein Bild unbeschadet vorfinden. Ich habe doch mit eigenen Augen gesehen, wie die Feuerwehrmänner aus allen Schläuchen gleichzeitig den halben Attersee abpumpten und ins Haus spritzten, sah Glas bersten und alleine die Rauchgasentwicklung war so enorm, dass man ruß-und schwarzgefärbte Engelgesichter, wenn überhaupt, vorfinden würde. Ich wusste, mit wieviel Liebe und Ausdauer in ganz vielen Stunden diese Kunstwerke direkt mit den Farben auf den Fingern auf die Leinwand gebracht wurden. Er verzichtete auf „Transporter“, damit er seine Werke besser spüren konnte und diese Emotionen sieht man bis heute in seinen Bildern. Armer Künstler, arme Engel!

Stunden später ein Anruf von meinem „van Gogh“, wie ich ihn liebevoll nenne, es sei „alles in Ordnung, keinem Engel sei etwas passiert. Wie ich es mir gedacht habe. Sie haben sich nur ein wenig erschreckt, weil sie von den Feuerwehrmännern aus der Hitze hinaus in die Kälte getragen wurden. Die haben einen riesengroßen Schutzengel gehabt, den male ich gleich morgen.“

So ließ er die rundherum geerdete Waldcousine, die noch lange an dieser Tatsache zu kiefeln hatte, zurück. Wenn doch wenigstens einem kleinen, nur ein paar Haare oder ein Flügel etwas angesengt gewesen wären, aber so gar nichts …

Deshalb fühlte ich mich dann doch bestätigt, als ich wenige Tage hinterher ein Erlebnis hatte, das wirklich gar nichts mit dem vorhin geschilderten zu tun hatte und meiner bodenständigen Denkweise wieder Auftrieb gab.

Ich befand mich am Seeufer – unweit der großteils in Schutt und Asche gelegten Fabrikshalle und beobachtete einen kleinen, ca. 4 Jahre alten Buben, der erst vor wenigen Stunden des Fahrradfahrens mächtig geworden sein dürfte. Und zwar schloss ich das aus seinen noch unkontrollierten, schnellen, ruckartigen Beinbewegungen und seinen krampfhaften Versuchen, Balance zu halten. Unglaublicherweise gelang ihm das immer wieder, er lachte, haxelte den asphaltierten Gehweg auf und ab und hin und her. Schließlich wird alles, was man länger macht, langweilig und so steuerte er zielsicher und mit einem Siegerlächeln im Gesicht schnurgerade auf den Steg zu. Gleichermaßen strahlend ob der soeben neu dazugewonnenen Freiheit in Form einer Radiuserweiterung traf er sogar den Beginn des Steges. Dann ging alles blitzschnell. Mit affenartiger Geschwindigkeit wackelte er hin und her und es näherte sich ihm das Ende des Steges schneller als beabsichtigt. Er dürfte instinktiv gemerkt haben, dass es ab jetzt gefährlich wird und wollte bremsen, indem er noch heftiger in die Pedale trat. Hätte ihn Herr Mateschitz beobachtet, es wäre ihm ein Startplatz bei der nächsten RED BULL Flugshow ganz vorne mit dabei sicher gewesen. „Plitsch, einmal das Fahhrad und Platsch, einmal der Bub.

In der Panik, seine Schwimmkünste könnten annähernd denen der Fahrradkünste gleichen, rannte ich zum Steg und PLITSCH-PLATSCH, auch ich war drinnen. Wir haben überlebt, das Fahrrad wurde nicht gefunden und NEIN, es war kein Schutzengel, der den Kleinen gerettet hatte. Es ist bis heute ein tolles Gefühl, zur richtigen Zeit am richtigen Ort gewesen zu sein, störend allein sind die Federn, die ich seitdem bei den Schulterblättern regelmäßig wegrasieren muss.

ZERBRECHLICH

Es ist das Zerbrechliche
das Glas so kostbar macht
selbst gebrochen
bleibt es durchscheinend
jede Scherbe spiegelt das Ganze
bündelt das Licht
gibt es großzügig
bedenkenlos
tausendfarben wider.
Ist es nicht das Brüchige
das mich Menschen lieben heißt
dieses Aufleuchten
das auch im Scherbenhaufen
noch sichtbar wird
(*Elisabeth Marx*)

DER DEUTSCHE

Ja, der Deutsche hat es in sich. Gefährlich wird die Sache erst, wenn er es herauslässt, das „in sich". Dann können wir uns aber warm anziehen, wir Ösis und Schluchtenscheißer.

Es wird ihm nachgesagt, dass er perfektionistisch-überkorrekt, pingelig-sauber und akkurat-pedantisch auf seinem Recht beharrt, mit einem Kaulauer auf den Lippen das Haar in der Suppe sucht und überhaupt alles besser weiß. Sozusagen bereits ab dem Zeitpunkt wusste, als es für den anderen noch gar kein Problem war. Das würde alles gar nichts machen, wenn er diese Theorien in einer meditativen Langzeitsitzung mit Gleichgesinnten bis zum Gongschlag ausüben würde. Aber nein, der Deutsche liebt es, zu verreisen. Und deshalb wird diese Gschisti-Gschasti Weisheit über die Grenzen getragen und hier besonders gerne und häufig ins Nachbarsland Österreich.

Das haben wir jetzt von unseren Seen mit Trinkwasserqualität, unseren Grenzüberschreitungen im gesicherten Rahmen in Form von Paragleitschirmsprung und Wohnzimmersessel ähnlichen Westernsätteln zum Wanderreiten. Von den gondelsicheren Flip-Flop Ausflügen auf das Zwölferhorn und den Grünberg. Und von unserer Geselligkeit der schulterklopfenden „willkommen am Bauernhofbauern".

Da lassen wir uns gerne belehren und die Bäuerin freut sich über den jonglierenden Hamburger. Und da werden doch glatt plötzlich statt drei geworfenen Bällen nur mehr zwei gestreichelt. Die der Bäuerin. Sie können das wirklich gut!

Und sollte das einzige, was uns trennt, die gemeinsame Sprache sein, dann passen wir uns gerne an, wir können das, wir haben sozusagen Übung darin.

Wir sagen dann kläffen und nicht mehr bellen, nicht mehr läuten, sondern schellen. Der schöne Bua wird ein flotter Knabe, die schwarze Krah wird plötzlich ein Rabe. Es ist eine Freude und nicht mehr ein Spaß und auch sagen wir jetzt Furz und nicht mehr Schas. Von A nach B fahren wir nicht mehr mit dem Zug, man fährt Bahn. Ich werde ab sofort nur mehr gucken und nicht mehr schauen und ich werde dich prügeln und nicht mehr verhauen. Wir sind jetzt still und nicht mehr stad und es ist langweilig und keinesfalls fad.

WEIL ICH TANZE

Im Konzert von „Take Five“ nehm ich sie auf, die lateinamerikanischen Rhythmen. Direkt aus dem Mund der aparten, strahlenden Sängerin … über mein Gehör. Direkt übertragen durch ihre natürlichen, leichten Bewegungen … über meine Haut. Beginne mitzuschwingen, sitzend, leicht und zart, Sequenzen der Freude. Unsere Blicke treffen sich, wir lachen ob der gleichen Empfindungen, die Musik in allen Fasern spürend. Aufspringen, die Sitzfläche wird zu klein und der Drang, auszuleben, zu groß. Wie gut, dass es sie gibt die vielen Töne und die Zubringer solcher Seligkeit. Die Zeit löst sich auf im Empfinden des Augenblicks. Nicht versuchen, festzuhalten, nur anzunehmen.

weil ich tanze … für dich tanze

MITLEID

Armes Mitleid. Ich habe Mitleid mit diesem Wort, das zu Unrecht in Verruf geraten ist, ohne etwas Besonderes verbrochen zu haben. Was kann das Mitleid dafür, dass es plötzlich durch das Mitgefühl ersetzt worden ist, nur weil dieses eine positive Emotion im Wort hat und keine negative, wie eben das Mitleid? Wenn jemand, woran auch immer, zu leiden hat, ist das schmerzhaft und braucht deshalb nicht beschönigt zu werden. Nachdem ich Dinge gerne beim Namen nenne, muss ich hin und wieder mitleiden. Z.B. als ich am Hl. Abend für die Spendenannahme für die Aktion „Licht ins Dunkel" am Telefon saß. Ich sah und hörte viel Leid, das mich sofort ins „Mit" zog. Einer alten Frau, die mir am Telefon sagte, dass sie nur sehr wenig Geld hätte und krank sei, wollte ich bei der großzügigen Spende instinktiv raten, den Betrag zu verringern. Wäre das erlaubt? Nein, dieses Mitleid wäre zu viel gewesen, weil es ihr ein offensichtliches Bedürfnis war, jemandem zu helfen, der noch weniger hat und noch kränker war als sie.

Ich traf dort auf viel Prominenz, bei denen ich bei manchen zwar die Gesichter, nicht aber die dazugehörigen Namen, dann wieder die Namen, nicht aber die Funktion kannte. Da bekam ich mit mir selbst Mitleid. Da machte es mir der Herr Bischof ob seiner schönen Adjustierung leicht oder der Polizeioberste – aus selbigem Grund. Wie hieß er schnell? Oder der ehemalige Gesundheitsminister Dr. Stöger, dessen neues Ressort mir und Gott sei Dank auch anderen, nicht und nicht wieder einfallen wollte. Vorausgesetzt, ich wusste es jemals. Einwandfrei inklusive Funktion identifiziert wurde Herr Dr. Josef Pühringer als Landeshauptmann von OÖ. Er saß links neben mir am Spendentelefon, souverän und freundlich, wie immer, wenn ich ihn treffe. Vor vielen Jahren war es am Austriacamp in Mondsee, wo seine Familie und meine Familie mit jeweils drei Kindern urlaubten. Rechts neben mir am Telefon saß als Prominenter ein junger Mann, den ich vom Sehen her als Sportler erkannte und bei einem Blick auf seine Oberschenkel als Fußballer einordnete. Volltreffer! Als ich ihn leise nach seinem Namen und Verein fragte, fand er das nicht lustig, antwortete aber, indem er mir alle Vereine aufzählte. Ich selbst habe mich als G-Prominente eingestuft. Nicht wegen meinem Vornamen, sondern weil ich „Geradenoch" auf dem Podest mit lauter bekannten Gesichtern Platz nehmen durfte … Ein Anruf beim Spendentelefon: „Grüß Gott, mein Name ist B.K. aus Hörsching, ich würde gerne € 50 spenden". Ich kannte den Namen, ich erkannte die Stimme. Onkel Karl. Soll ich sagen „Hallo, Onkel Karl, ich bin`s, deine Nichte? Ist das eine Gaudi?" Er bekannt als lustig, ich bekannt als nicht ausgesprochen fad, das hätte ein längeres, lustiges Gespräch ergeben." Deshalb bedankte ich mich im Namen der Aktion für die großzügige Spende, wünschte ein friedliches Weihnachtsfest und Gesundheit im kommenden Jahr und legte – jetzt doch lachend – den Hörer auf die Gabel. Meine Visage war summa summarum eine beträchtliche Zeit im Fernsehen zu sehen. Da hab ich mich richtig gefreut, weil die Reaktionen hinterher im Ort und bei der Verwandtschaft heftig waren. Viele riefen mich an, schrieben mir SMS, eine Mail, obwohl sie mich so doch viel öfter und direkter treffen könnten, wenn sie nur möchten.

Da hatte ich plötzlich Mitgefühl mit den Prominenten.

TRAUER

Zuerst tut es im Gehirn weh und man stellt die „Warum-Fragen" eines dreijährigen Kindes. "Warum bist du denn gegangen, ohne mich zu fragen?" „Warum dreht sich die Erde weiter, obwohl sie das doch nicht darf?" „Warum denn ausgerechnet jetzt?", „Warum passiert das Unvorstellbare denn mir?".

Und dann kommt die Emotion dazu und es wird ein Duett gesungen, das die Inbrünstigkeit von Placido Domingo und Anna Netrebko als erstsemestrige Floriani Sängerknaben vor dem Stimmbruch dastehen lässt. „Verdammt, bleib doch, wo du bist", was angesichts der unterschiedlichen Trauergründe ohnehin nicht zu vermeiden ist. „War nötig, der Verlust, damit ich endlich Ruhe habe". „Kommt, ihr Freunde, traut euch, helft mir trauern!".

Und jetzt erst, wenn die Zeit länger und der Raum größer wird, kommt die Echte, und es tut dort weh, wo man lebt, wo man es spüren kann. Unter der linken Brust ist eine Stelle, die pocht. Manchmal laut und wild und manchmal schwach und zart. Man kann die Hand drauflegen und fühlen, wie weh es tut und plötzlich wird es gut.

Du bist bei mir, denn es ist Liebe nur.

PERSONENSCHADEN

Ich fahre jetzt seit genau dreiunddreißig Jahren unfallfrei mit dem Auto. Das kann nicht jeder von sich behaupten. Zumindest kamen keine Personen zu Schaden, gröber zumindest nicht. Unfälle mit Blechschäden zählen nicht, das muss man nicht einmal der Polizei melden. Gott sei Dank, denn Beamte des Innenministeriums ziehen sofort Rückschlüsse auf das Fahrkönnen des Fahrzeuglenkers. Und dann kann es passieren, dass man selbst als Anitalkoholikerin zum Alkotest gebeten wird, man muss sich als Ordinationsassistentin rechtfertigen, warum man ausgerechnet heute keinen Verbandkoffer mitführt. Weil ausgerechnet gestern der Herr Sohn eine Schere suchte und die im Ersten-Hilfe-Koffer der Mutter auch tatsächlich fand. Ich sah das rote Plastikköfferchen noch frech neben den Skiern in der Garage, als ich aus dieser ausfuhr. Apropos Garage: Vor vielen Jahren bekam ich ein nagelneues, schwarzes Auto mit vielen PS. Die Marke hab ich vergessen. Die Kinder waren noch in einem Alter, in dem sie am Morgen zum Bahnhof gebracht werden mussten, um die jeweiligen Bildungsstätten aufzusuchen. Wir saßen also alle am Morgen im Auto in der Garage. Am Morgen mit drei Kindern im Auto sitzen heißt automatisch eine etwas hektische Mama am Steuer, die sich konzentriert, im neuen Auto den neuen Rückwärtsgang zu finden. Ich habe ihn gefunden, temperamentvoll eingelegt und neben der Frage, ob alle ihre Jausenbrote eingepackt hätten, Gas gegeben. Wirklich nicht viel, aber doch zu viel, um nicht ungebremst in das ungeöffnete Garagentor zu krachen: „Ha,ha,hi,hi, jetzt hat das neue Garagentor eine Beule und das neue Auto auch. Was wird denn da der Papa sagen?“. Papa sagte nicht viel, nur so viel, dass er glücklich sei, dass es keinen Personenschaden gab. Eben. Außerdem war das sehr weise von ihm, denn zwei Tage später fuhr er mit dem Fahrrad am Dach in ebendiese Garage von außen ein. Auch nicht wirklich wild, aber es hat genügt, dass die Garage auch oben verbeult war. Und Gott sei Dank kein Personenschaden.

Ich mag drei Dinge nicht. Das erste sind Parkgaragen. Irgendwie sind die alle falsch gebaut und so unübersichtlich. Siegessicher wollte ich in ein solches Gebäude einfahren, das heißt, ich hatte dort gar nichts zu suchen. Denn ich wollte in einem Kreisverkehr die Spur in die Stadt nehmen und bin nur eine einzige Ausfahrt später aus- und damit in die Parkgarage eingefahren. Ich nahm mir vor, gleich wieder auszufahren. Nach geschlagenen zwanzig Minuten und nachdem ich zum dritten Mal das Schild „Sie haben das Top erreicht“ las, fragte ich ein Mädchen, ob es mir helfen konnte. Sie hatte ein L17 Schild im Rückfenster kleben, sie fuhr aus und ich hinterher. Soll noch einmal jemand über die heutige Jugend schimpfen, so herzhaft, wie diese junge Frau lachte!

Ein anderes Mal parkte ich mich in einer anderen Parkgarage ein. Ich wollte, wie üblich, den Ausgang bei der Fahrertür nehmen. Ich bin wirklich nicht breit, aber das war selbst für mich zu eng. Ich kletterte also mit Rock, Rüschenbluse und Blazer auf den Beifahrersitz. 90% meines Lebens trage ich Hosen, T-Shirts und Jacken. Ich öffnete die Beifahrertür fünf Zentimeter…weiter ging es nicht. Nachdem ich bereits beträchtlich zu transpirieren begann, zog ich den Blazer aus und kletterte auf den Rücksitz. Geschafft! Wo sind die Türöffnerhebel? Oh, Gott, ich fahre einen Zweitürer, ohne die Kofferraumtür mitgerechnet. Haben Sie schon einmal versucht, eine Kofferraumtür von innen zu öffnen? Da sehen Sie es, ich bin nicht nur technisch, sondern auch logistisch begabt. Das muss einem zuerst einmal einfallen und dann schaffen. Die gaffenden Menschen draußen vor der Tür (Borchert hätte seine Freude an mir) staunten nicht schlecht über meine Behändigkeit, als ich mit den Händen zuerst den Parkgaragenboden berührte. Stand auf, richtete zuerst meinen aus der Fasson gekommenen Rock und meine nervös gewordene Frisur und stapfte davon.

Und das zweite, mit dem ich mich nie anfreunden werde, ist der mir unbekannte, zweispurige Kreisverkehr. Entweder ich fahre zu langsam ein, weil ich mich vor der unweigerlich zu schnell auftauchenden Ausfahrt fürchte. Oder ich fahre, was häufiger der Fall ist, aus dem gleichen Grund zu schnell ein. Auf diesem Weg habe ich es schon einmal geschafft, geschlagene fünf Mal im Kreis zu fahren. Am nächsten Tag schmerzte das Genick und die linke Schulter gleichermaßen. Bei so einem schnellen Seitenwechsel touchierte ich einmal sehr sanft das Auto einer jungen Frau, die deswegen in Tränen ausbrach. Sie hatte Angst vor ihrem Freund, dem das Auto gehöre und dass sie sicher geschimpft bekommen würde. Sie wolle ihn aber nicht verlieren und er nicht sein Auto und … . Das ist wahre Liebe und deshalb bot ich mich an, mit heimzukommen und den Freund zu beruhigen. Es wurde ein recht lustiger Abend und Georg, wir wurden per DU, bedankte sich sogar bei mir. Ich glaube, ich habe ihm zu viel Geld für den kaputten Rückspiegel bezahlt. Na, ja, Hauptsache, kein Personenschaden.

Und das dritte, was ich gar nicht mag oder umgekehrt, ist eine gelb blinkende Ampel. Ehrlich gesagt, ich habe noch nie mitgezählt, wie oft dieses Lichtspiel stattfindet, aber meist wird es knapp, für mich, nicht für die Ampel. Und die Frage „soll ich Gas geben oder bremsen?" ist bei mir öfter im Kopf als das „war es die Nachtigall oder die Lerche?" im Kopf jedes Germanisten. In St. Pölten an der Hauptampel, direkt beim Landhaus, entschied ich mich für Ersteres. Ich fuhr ein und es blitzte im rechten, oberen Augenwinkel rot, was ich sofort verdrängte, mit einem kurzen Zwischengastritt auf die Dritte zurückschaltete und so laut aufheulend (der Motor natürlich) über die Kreuzung flog, dass ich das folgende Hupkonzert glatt überhörte. Es wurde mir von meiner völlig geschockten Freundin am Beifahrersitz nach fünfzehn Minuten erzählt. So lange hat es gedauert, bis sie ihre Sprache wiedergefunden hatte. Glücklicherweise standen die Fußgängerampeln länger auf rot, in diesem Fall hätte es Personenschaden gegeben.

Gilt es als Personenschaden, wenn man einem Hund ausweicht und deshalb einen Igel überfährt?

Einmal wollte ich eine pädagogische Maßnahme an meinem damals dreijährigen Sohn setzen und da kam es beinahe zu einem Personenschaden. Die Kurzstrecke vom Hauseingang zur Garage wollte er partout am Beifahrersitz, selbstverständlich unangeschnallt, mitfahren. Mit ca. 10 km/h bremste ich aus erzieherischen Gründen, um ihm zu zeigen, wie gefährlich das sei und wie schnell etwas passieren könne. Ich hab es ihm gezeigt und er mir. Kleiner Sohn ganz vorne flog mit dem Köpfchen gegen die Windschutzscheibe, die sogleich zersprang. Wäre es nicht mein eigener Sohn gewesen … der Klügere gibt nach. Keine Verletzung, kein Weinen, nur Staunen. Seit diesem Vorfall habe ich es unterlassen, pädagogische Maßnahmen zu setzen und damit womöglich verhindert, gröberen Personenschaden anzurichten.

VOM HANDSTAND ZUM KOPFSTAND

Als Kind kam es regelmäßig vor, dass ich aus Übermut von der Hausübung aufsprang, die Hände in den Boden schlug und mit Schwung die Beine hochfliegen und gegen die Küchentür donnern ließ. Ich blieb dann in dieser Stellung, bis das gesamte Blut des restlichen Körpers sich in allen Kapillaren des Kopfes verteilt hatte und dann erst verließ ich diese berauschende Position. Frisch motiviert ob dieses Sauerstoff- und Kurzpausenkicks setzte ich mich wieder an den Tisch, um mich der Rechenaufgabe – keine andere ließ mich so hilflos und unkonzentriert werden – zu widmen. Manchmal erdreistete sich mein Bruder, die Tür von außen heimlich und ruckartig zu öffnen und das erforderte von mir dann ein hohes Maß an Geschicklichkeit und Reaktionsfähigkeit, um nicht nach hinten auf den Rücken zu kippen.

Drei Jahrzehnte später spazierte ich im Urlaub im nördlichsten Bundesland, in Gedanken versunken, auf einem Waldweg – dort gibt es nur Wald, der mit einem kleinen, natürlichen See endete. Hinter einer Wegbiegung traute ich meinen Augen kaum, lehnte ein etwa 70 jähriger Mann an einer mächtigen Buche. Das wäre weiter nichts Besonderes, wäre der Kopf in der Luft und die Füße am Boden gewesen. Es war genau umgekehrt: "AHH, eine Touristin mit Hang zu naturbelassenen Gegenden", war seine Begrüßung, als ich mich möglichst unauffällig und leise – man weiß in solch einem Fall ja nie – vorbeischleichen wollte. „Wie bitte?" „Ja, wissen Sie, Ihre Wanderschuhe schauen teuer aus, das Obermaterial ist gepflegt, die Sohlen sind strapaziert und an den Rändern ist eingetrockneter Dreck. Sie sind viel unterwegs, stimmt`s?"

Verblüfft und belustigt und auch beeindruckt, fragte ich ihn, ob er sich „Beruferaten auf ungewöhnliche Weise" zum Beruf gemacht hätte und wieviel Arbeitszeit pro Tag sein außergewöhnlicher Job in Anspruch nehmen würde? „Das könnte man so sagen", kam es aus den Untiefen des Erdbodens und der Kehle gleichermaßen zu mir hoch." Ich war in der Exekutive – den genauen Bereich nenne ich aus Sicherheitsgründen nicht – 40 Jahre tätig. Dadurch wurden meine Beobachtungsgabe und meine Sinne geschärft, ich musste schnell reagieren und analysieren und habe in so vielen Gesichtern lesen müssen. Und um den Pensionsschock in Schach zu halten, analysiere ich jetzt Beine. Außerdem kommt es dadurch, leider nur kurzfristig, zu einer besseren Durchblutung und Aktivierung des Gehirns. Vorhin beobachtete ich ein Paar, das kurz vor der Trennung steht. Beim Hinweg geht immer der Mann 7 bis 8 Meter vor der Frau, beim Rückweg ist es umgekehrt. Früher waren von beiden die Wanderschuhe ordentlich geputzt, seit ca. einem Monat nur mehr ihre. Oder der angebende i-Tüpferlreiter und Perfektionist. 1x jährlich ein neues, extrateures Laufschuhmodell, tip-top geputzt und die Beine rasiert. Oh, und erst der philosophierende Birkenstocksandalenträger oder der birkenstocksandalentragende Philosoph, wie man will. Schön langsam würde mich sein Gesicht interessieren, so wie er mich jedesmal wieder in Gespräche über Gott und die Welt zu verwickeln versucht. Er tut so, als ob ihm mein Schweigekopfstand gar nichts ausmacht, obwohl seine beiden nervösen Großzehen eine andere Sprache sprechen. Je länger ich nichts sage, umso nervöser werden sie und wippen auf und ab. Je zuckender die Bewegungen, umso größer die Chance, dass er aufgibt und weitergeht, dieser Wahrsager. Richtig gefährlich wird es erst, wenn der Förster mit Jackl seine Runde dreht und kein Forstgesetz findet, das „Mann am Baum mit Kopf nach unten“ verbietet. Es ärgert ihn, so völlig zweckfrei und nutzlos herumzulehnen und kurz vor mir lässt er jedesmal den Schnüffelhund, was für normale Menschen strengstens verboten ist, von der Leine. Sicherlich in der Hoffnung, dass er endlich, wenigstens einmal, das Haxl hebt. Gott sei Dank gibt es auf dieser Welt immer wieder Hunde, die mehr Hirn als ihre Besitzer haben und so bleibt es bei einem kurzen, heftigen und einseitigen Zungenkuss.

Da die Stimme des ehemaligen Ordnungsorgans wegen der immer emotionaler werdenden Schilderungen seiner „verkehrten“ Erlebnisse doch bedrohlich zittrig wurde, verabschiedete ich mich von dem eigen- und einzigartigen Waldwesen.

Nachdem meine Beine, nichts anderes sah er, außer Sichtweite waren, ließ mich der Gedanke an eine mögliche Horizonterweiterung der etwas anderen Art nicht los und ich machte den geglückten Versuch, mich an den Baum zu lehnen, genauso, wie ich es gesehen hatte. Keine Minute verging, und ich kam zu einem unfreiwilligen Zungenkuss.

ÄRZTE OHNE GRENZEN

Also Ärzte sind Versager. Wären sie das nicht, wären ihre Wartezimmer leer.

Ich selbst bin so gut wie nie krank, zumindest was die beiden Krankenstände betrifft. In den letzten 30 Jahren wurde ich einmal wegen akuter Cephalea, also scheußliches Hammerwerfen in der Gedächtnishalle, krankgeschrieben und ein zweites Mal … das weiß ich jetzt nicht mehr, es muss zu lange her sein. In meinem langen Leben habe ich viele Hausärzte kennengelernt, wobei ich mich frage, warum es „HAUSARZT" heißt, wo doch nicht ein Haus, sondern ein Mensch untersucht wird. Da gefällt mir der Renaissance-Begriff des „Leibarztes" doch besser, damals ging es um Leib und Leben. Wenn ein Minnesänger z.B. vergaß, dass die vorher Besungene und hinterher Bestiegene bereits von einem Mann angesungen wird und er aus dieser partiellen Absenz, also einer kleinen, kurzfristigen Vergesslichkeit heraus, plötzlich ein Messer im Rücken hat. Damals bevorzugte man die Missionarsstellung, habe ich nachgelesen. Dann brauchte man tatsächlich einen Leibarzt, der zuerst das Messer und dann die untreue Ehefrau entfernte.

Heute müsste ein guter Mediziner, der hin und wieder auch ins Haus kommt, also die intime Zone betritt, eigentlich „Körper-Geist und Seele" Arzt heißen, der Einfachheit halber Dr. „KGS". Was natürlich wiederum Anlass geben könnte für wilde Spekulationen für nicht in die Szene Eingeweihte. „KGS", vielleicht Dr. „Kein Gen stirbt" oder Dr. „Komm ganz selten" oder Dr. „kann gut sehen" oder Dr. „Kautschuk gegen Silber" usw. usw.

Es hat sich mittlerweile bis zu den Dümmsten (ich meine nicht die Ärzte, sondern ganz allgemein …) durchgesprochen, dass seelisches Leid körperliche Folgen nach sich zieht.

Beispiel? Ein Mann und eine Frau kommen sich nicht mehr zärtlich in die Haare, sondern bringen sich durch gegenseitiges reißen daran, um diese. Zur Strafe, oder viel mehr als Folge darauf, wälzen sich beide bis zum Morgengrauen im Bett. Jeder in seinem, versteht sich. Irgendwann geht der Mann zum Arzt und erzählt, er könne schon seit Wochen nicht gut schlafen, schläft zwar schnell ein, dann wird er wieder munter. Wäre der Arzt ein Leibarzt, dann wird diese Parasomnie nicht nur als solche diagnostiziert, sondern auch behandelt. Und es hat den Vorteil, dass der Patient in mehreren Wochen wiederkommt. Schaut man dem Patienten allerdings in die Augen, dem Handschuh der Seele, dann sieht man neben der Müdigkeit auch noch eine vorher nicht dagewesene Traurigkeit und der physische Teil verschmilzt mit dem psychischen.

Weiteres Beispiel? Ein 8-jähriges Mädchen kommt mit ihrer verunsicherten Mutter zum Arzt und berichtet, Julia hätte seit zwei Wochen unerklärliche Bauchschmerzen, sodass sie sich hinlegen müsste. Abdominelle, unklare Schmerzen offener Gene hat man in diesem Alter öfter. Computer, Fernsehen, blühende Phantasie und so. Eine akute Appendizitis wird mittels Harnbefund ausgeschlossen und … „bis zum Heiraten wird`s wieder gut". Sieht man in die Augen, wird man ein „ich trau mir das nicht erzählen, kannst du es spüren und mir trotzdem helfen?" zu lesen sein. Herr oder Frau zusätzlicher Geist- und Seelenarzt, siehst du den strengen Lehrer, der wiederholt in der Klasse brüllt, nicht mit dem zarten Mädchen, mit dem frechen Buben natürlich. Das Mädchen muss sich die Überforderung aber trotzdem anhören und weil es sich nicht artikulieren kann, macht das der Bauch für sie.

Ich war einmal bei einem Facharzt, die gescheiter sind als Hausärzte, weil sie ein bestimmtes zusätzliches Fach ausüben und sich darauf spezialisiert haben. So wie allgemein bekannt ist, dass Lehrer höherer Schulen gescheiter sind als ihre Kollegen von den unteren Stufen. Deshalb bekommen sie auch mehr bezahlt. Genau wie bei den Fachärzten.

Ich war also bei einem Facharzt, dessen Frau ebenfalls Ärztin ist, aber eine ganz normale. Während der Untersuchung, die ohnehin nicht angenehm war, was Untersuchungen so an sich haben, begann Frau Doktor zu erzählen: „Wissen Sie, bei uns wurde eingebrochen. Unglaublich, die haben alles durchwühlt und ein sehr teures Gerät gestohlen. Wir arbeiten jeden Tag sehr viel und wollten uns den neuen Mercedes kaufen, der muss jetzt warten. Wie kommen denn wir dazu? Die Assistentinnen arbeiten auch nur mehr über dem Kollektivvertrag. Und Sie glauben nicht, wie schwierig es ist, gutes Personal zu bekommen. Gott sei Dank ist die Köchin solidarisch mit uns und hat seit Jahren keine Gehaltsforderung gestellt.“

Ich vergaß den Schmerz, so leid hat mir die Frau getan und hinterher fragte ich, ob ich eine Spende dalassen dürfte. Sehr viel habe ich selber nicht, aber für ein Abendessen vielleicht … Ich war einfach dankbar, dass es so ehrliche Menschen gibt, die so offen über ihre Probleme sprechen, wo doch so oft alles totgeschwiegen wird.

Alles Gute, Frau Doktor, wenden Sie sich jederzeit an mich, sollten Sie weitere Hilfe benötigen.

Ich für meinen Teil habe einen guten Arzt, ich sitze ungelogen, NIE im Wartezimmer.

„Es sieht ein jeder, der nicht blind, wie krank wir trotz der Ärzte sind. Doch nie wird man die Frage klären, wie krank wir ohne Ärzte wären“.

(Eugen Roth)

ZÖLIBAT VERSUS ZÖLIAKIE

Ist das nicht ein Verrat am Zölibat
wenn der Beginn, das Ende nie,
gleich ist wie bei der Zöliakie?
Wenn man will und doch nicht darf,
Nahrung sowie Körper mild, nur ja nicht scharf.
Und freut man sich des Lebens hier wie dort
ruft er laut und dringlich, der stille Ort.
Es wird sich gewunden und verschwiegen,
dass sich innerlich bereits die Balken biegen.
nur ja nicht zugeben, den inneren Drang,
lieber zweifeln und lügen, oft ein Leben lang.
Man passt gut auf, bleibt gesund und fit
und trifft sich hin und wieder auch zu dritt
um auszutauschen, was in einem drin
und zu verdrängen, den kulinarisch-klerikalen Sinn.
Darum gibt es sie, die Netzwerkgruppe,
für`s zölibatäre Leid und die Glutensuppe.
Und ist die Diagnostik auch verschieden,
so werden Zusatzstoffe regelrecht gemieden.
Mehl und Eiweiß sind für Allergiker schwer zu verdauen,
für katholische Priester zusätzlich noch die Frauen.
So wird fast zeitgleich gezogen am gleichen Strang,

der eine im Sitzen, der andere beim Orgelklang.
Die Zöliakie bleibt ein Leben lang besteh`n
wesentlich leichter lässt sich listenreich ein Zölibat umgehen.
Der Magen rebelliert, beste Medizin … kein Garant,
vorgeknöpft werden Köchin, Mitbruder oder Ministrant.
Jahrzehntelang wird sie oft ausgehalten, die Pein,
keine Absolution, man bleibt mit der Schuld allein.
Lieber Gott, hilf ihrem Leib und ihrem Leid,
damit weder Entschluss zur Nahrung noch zur Weihe reut.
ICH halt` mich jedenfalls fern und küsse nie
einen Geistlichen mit Zöliakie.

MEIN KOPF WAR NICHT ZUHAUSE

So umschrieb eine fremdländische Frau, die unserer Sprache zu diesem Zeitpunkt noch nicht mächtig war, dass sie etwas nicht wissen wollte. In solchen Situationen schickt sie ihren Kopf immer fort.

Mein Kopf war nicht zuhause,

als ich gruppenweise Menschen ihrer Herkunft wegen kriminalisierte

als ich für eine Billigreise das Flugzeug inklusive der Treibhausgase in die Luft stiegen ließ

als ich die Stresssymptome einer arbeitslosen Frau als Faulheit diagnostizierte als ich Zuflucht für Menschen aus aktuellen Kriegsgebieten in unserem Land hinterfragte

als Tiere im Weihnachtskitsch als Maskottchen geschmückt im Fernsehen zur unreflektierten Unterhaltung herhalten mussten

als durch mein unbedachtes Handeln Schmerz und Schuld entstanden

als ich in meiner geistigen Komfortzone sitzen blieb und mich taub stellte

als ich auf mein eigenes Wohlergehen vergaß und dadurch ungenießbar wurde

als ich mich bezüglich meines eigenen Lebens an die Vorgaben anderer Menschen hielt

als ich den Begriff der Seele hilflos herumirren und in der Kälte stehen ließ

Morgen kommt mein Kopf zurück und ich freue mich auf ihn.

DANK UND ANERKENNUNG

„... und verlieren Sie nie Ihren Humor“, sagte das Pferd zum Maulwurf, bevor es ihm auf den Kopf gemacht hat. „Danke, dass ich durch Sie so viel lernen durfte“, sagte der Maulwurf zum Pferd, bevor er weiterhin blind durch die Erde wühlte.

DAS PERFEKTE GLÜCK

Ein Mann, Kinder, ein Heim, das ist genug.

VOM NIEVEAULOSEN NIVEAU

Eine sehr niveaulose Frau meinte, sie gehe nicht in diese Vorstellung, die sei unter ihrem Niveau. Ich wusste nicht, dass ein Niveau so niveaulos sein kann.

NICHTS IST UNMÖGLICH

ich bin traurig, sagte die Fröhlichkeit zur Traurigkeit und beide lachten.

PRÄPOTENZ

die personifizierte Präpotenz geht mit Fußfesseln in die Oper

PSYCHO

Ich beobachte dich schon lange, eigentlich, seitdem ich denken kann und du es mir angetan hast. Irgendwann passiert es, denn ich weiß, was du vorhast und deshalb bist du dran. Heute Nacht, als ich nicht schlafen kann, mache ich mich wieder auf den Weg, um dir zu folgen. Zuerst ein kurzes Stück die Straße entlang, dann bist du abgezweigt, wie so oft vorher durch ein Wiesenstück – hinein in den Wald. Es war nicht einfach, dir unbemerkt hinterherzuschleichen. Das, was du vorhast, ist grausam und niemand außer mir konnte es je erahnen. Weil du so ein freundliches Gesicht hast, ein gepflegtes. Auch mir gefällst du, trotz allem. Die meisten Menschen, die dir begegnen, finden dich sympathisch und würden sich in keiner Weise vor dir fürchten. Weil sie nicht wissen, es nicht wissen können, was du nachts im Schutze der Dunkelheit im Wald treibst. Du beginnst zu sägen, kein Holz, etwas Weiches und das mit ganzer Muskelkraft. Vorsichtig spähe ich hinterm Baum hervor, beobachte dich, es ist mir unbegreiflich, es tut körperlich weh, dich so zu sehen. Ich sehe deinen gebückten Rücken, deine gleichmäßigen, fast meditativen Bewegungen, wann hört diese Qual endlich auf? Kann ich es jemals aus dem Gedächtnis streichen, mich Neuem zuwenden? Wer hat ausgerechnet mich dazu bestimmt, dir auf die Schliche zu kommen? Während ich dich beobachte, ist endgültig der Entschluss gefasst, dich zu töten. Nicht auf die schnelle Art, genauso, wie du es machst, langsam, zusehend, leidend. Keine Angst, Sterbende schütten vor ihrem Tod Hormone aus, die das Sterben leichter und die Schmerzen weniger werden lassen. Im Normalfall. Ich werde deinen Tod so lange als nur möglich hinauszögern und verspüre bei diesem Gedanken plötzlich ein Gefühl von Freude, Lust, das ich selten empfinde, seitdem DU in mein Leben getreten bist …

dachte die Katze, bevor sie zum Sprung auf die Maus ansetzte, die nichtsahnende gerade im Begriff war, ein weiteres Eichenblatt mit den spitzen Zähnchen zu zersägen und zu schlucken.

GRÜSS GOTT, HERR TOD

Ich war gerade beim Bettenüberziehen, passender geht es nicht, als es an der Haustür klopfte. Normalerweise hört man das bei einer einbrechergesicherten, schallgedämpften JOSKO Tür gar nicht, noch dazu, wo mein Bett im ersten Stock steht und die Haustür logischerweise im Erdgeschoß ist. Ich hab es gehört und instinktiv gefragt „wer steht denn vor der Tür?“. Auf die gar nicht unfreundliche Vorstellung des ungebetenen Gastes reagierte ich blitzschnell, wie das bei einem überhöhten Adrenalinausstoß menschlich ist. Und wie ich es erfolgreich bis jetzt bei den immer lästiger fallenden Besuchen von Ballverkäufern aller Vereinsschattierungen mache. „Ich bin gerade aus der Badewanne gestiegen und habe nichts an. Können Sie bitte ein anderesmal kommen?“ Mit zunehmendem Alter kann ich mit dieser Ausrede tatsächlich die Besucher vertreiben. Hinterher hab ich mich um die dumme Aussage, er solle ein anderesmal kommen, furchtbar geärgert. Hätte ich doch gesagt, ich wisse eine alte Frau, die ihn ehrlich herbeisehnt und ihm ihre Adresse gegeben.

Außerdem ist der Tod ein Hochstapler und Lügner. Er muss doch viele Helfer und Helfershelfer haben, wenn man bedenkt, wie viele Menschen alleine in Österreich gleichzeitig vom Tod ereilt werden. Und das zugleich im Burgenland und in Vorarlberg. Wie soll denn das gehen? Einer allein! Gibt es berufsspezifische Unterschiede? Werden Manager von sehr sportlichen, geschäftigen Toden geholt, die nur wenig Zeit haben. Das würde die außerordentlich hohe Zahl an cardialen Infarkten in dieser Berufsgruppe erklären. Es heißt, der Tod kommt auf leisen Sohlen. Das ist auch gut so, dann schrecken Beamte nicht auf, wenn der Tod den Bewegungsmelder durchschreitet und sterben somit im Schlaf. Wie ist das mit den Mitarbeitern der ÖBB und der freundlichen WESTBAHN? Sitzt der Tod etwa als blinder Passagier im Zug oder reitet er nebenher und springt, so wie Winnetou, vom Pferd aus auf den Zug auf? Was erzählt er einem Arzt, der doch die Diagnosen viel besser stellen kann als er? Sie werden ewig diskutieren, ob das jetzt zu einem letalen Abschluss führen kann oder nicht und der Tod kann von Glück reden, wenn er diesen Besuch überlebt. Wird ein Richter zum Tod verurteilt oder kann er sich mittels Einspruch aus der Affäre ziehen? Wenn ich mir das so durch den Kopf gehen lasse, ist eigentlich das Flugpersonal am sichersten, außer es arbeitet beim Himmelfahrtskommando. Durch die strengen Sicherheitskontrollen kommt der Sensenmann nie durch! Darf sich die Geistlichkeit aussuchen, in welcher Reihe sie bei der Himmelsvorstellung sitzen darf? Schließlich war sie es, die seinen Namen am öftesten in den Mund genommen hat. Grubenarbeiter haben vielleicht das Glück, übersehen zu werden, weil sie ohnehin bereits unter der Erde sind. Außer es stürzt ein Schacht ein, dann kann ihnen selbst der Tod nicht mehr helfen. Totgesagte leben länger, heißt es. Ob das die Todeskandidaten in den amerikanischen Gefängnissen lustig finden, bezweifle ich. Da würde ja jedes „dead man walking“ zum Sonntagsspaziergang. Nützt es, wenn Wirte und Kellnerinnen auf die Sperrstunde verweisen oder ein Lokalverbot erteilen? Soll der Koch die Gabel statt dem Löffel abgeben? Wer holt denn all die Tiere? Kann der Tierschutzverein helfen? Und gar nicht zu reden von der Heerschaar von Trainern. Kommen sie mit ihrem inflationären Lieblingswort „Wertschätzung“

durch? „Hallo, lieber Tod, wir sind doch per DU, wenn das für dich okay ist, es redet sich da leichter. Und es geht heute um ein sensibles Thema, möchtest du darüber in der Runde reden oder mir hinterher ein Mail schreiben? Bitte stell dich in zwei, drei Sätzen kurz vor, erklär uns deine Ziele und Befürchtungen und sag den anderen Teilnehmern in wertschätzender Weise, warum du ausgerechnet ihn/sie als Partner für das Eröffnungsspiel ausgesucht hast.“ Die Mitarbeiter eines Callcenters haben es da vergleichsweise einfach. Sie können die Mailboxumschaltung aktivieren:“ Wir freuen uns über Ihren Anruf. Haben Sie Leiden, Sterben oder Heimgehen in Ihrem Wortschatz, drücken Sie bitte die 3“. Wer dann bei 3 abhebt, hat Pech gehabt. Also, ich selbst habe seit oben beschriebenem Erlebnis immer mein Diplom für Burnout Prophylaxe griffbereit liegen mit der Begründung, es würde mich außerordentlich stressen, wenn ich mitkommen müsste, weil ich noch so viel mit mir vorhabe.

Einige Tage später klingelte es an der Haustür, als ich gerade kochte. Kein Rindfleisch mit Semmelkren, irgendetwas Vegetarisches, vielleicht sogar Veganes. Diesmal war ich schon etwas gefasster und machte das, was man (ich nicht) gerne bei den Hl. Dreikönigen tut. Stillhalten, leise, Kinder, Psst, legt euch auf den Boden, falls sie beim Fenster hereinschauen, dass sie uns nicht sehen können. Es hat gewirkt. Als ich eine Stunde später – vorher getraute ich mich nicht – vor die Haustür lugte, lag Post auf dem Boden. Ich hob das Kuvert zitternd auf und las: „Wollte Sie nur daran erinnern, dass Ihre Lebensversicherung mit Ende des Monats abläuft. Falls Sie eine erneuern wollen … ich komme wieder“.

Freu dich des Lebens und scher dich zum Teufel!

DER BESTE BERUF

Als Susi vor über einem halben Jahrhundert mittels Gesichtslage das Licht der Welt erblickte, sie den entsetzten Schrei der Hebamme und zugleich den Schreck ihrer stressresistenten Mutter unbeschadet überstanden hatte, wusste sie, was sie einmal werden würde. Na ja, gut, also vielleicht nicht genau auf die Minute und auch nicht am Tag danach, weil ja so kleine frischgeborene Frischlinge noch nicht in der Lage sind, kognitiv zu erfassen. Sie sich egoistischerweise nur darum kümmern, ob genug Vorrat an Milch und genug Mutterliebe im Haus sind. Aber spätestens mit dem Schuleintritt. Da wimmelte es nur so von Missionszeitschriften, sowohl im christlichen Elternhaus wie auch an ihrer damaligen Arbeitsstelle, der Klosterschule. Indoktriniert durch das herzhaft strahlende Lachen der afrikanischen Kinder aus dem Hochland Kenia`s einerseits und dem abgrundtiefen Elend der Leprakinder aus Kalkutta andererseits, erfasste Susi blitzartig und langfristig ihren Berufswunsch. Sie wollte, und da kann der Zug drüberfahren, die Nachfolgerin von Mutter Theresa werden. Rein rechnerisch, Mutter Therese dürfte damals ihren tiefen Falten nach zu urteilen, knapp unter achtzig gewesen sein, müsste sich das ausgehen mit der Nachfolge.

Susi strebte deshalb, wahrscheinlich neben der strengen Englischnonnenlehrerin als einzige Motivation, auf einen positiven, erfolgreichen Schulabschluss hin. Auch dass sie dazu Nonne werden müsste, störte sie in ihrer damals infantilen Sicht auf die Dinge, nicht im Geringsten. Die einzige Bedingung wäre, dass sie ein Pferd bekomme, weil es einen so erhaben mache, hoch zu Ross durch Kalkutta zu reiten und allseits gegrüßt zu werden. Außerdem war sie ein flinkes Mädchen und wollte möglichst schnell von einem Ort zum anderen kommen. Der imaginäre

Schleier der kleinen Susi nahm mit zunehmender Körpergröße und anderen körperlichen Größen ab und als sich in ihr zum ersten Mal Gefühle völlig egoistischer und gar nicht altruistischer Art ausbreiteten, verschwand nicht nur der Schleier, sondern auch das bodenlange Kleid wurde gegen einen Minirock eingetauscht. Die leidenden, schmerzverzerrten Münder der asiatischen Kinder fielen den weichen, sinnlichen Lippen der greifbar nahen europäischen Burschen zum Opfer.

Der beste Beruf von allen war verloren, nur das Pferd blieb.

Ein damaliger Geschichtslehrer, der meistens betrunken war, meinte zu Susi, die sich bereits in der Oberstufe befand, als sie wiederholt durch Nichtzuhören den Unterricht störte: „Susanne, du kannst gut reden und bist hübsch, wenn du einen Busen hättest, könntest du Schauspielerin werden. So musst du Volksschullehrerin werden.“ Danke, sie hatte einen nächsten Beruf. Sie wollte unbedingt Lehrerin werden und begann, sich ein Vorbild zu suchen. Sie suchte nach einer lieben, fröhlichen, gescheiten, respektvollen und warmherzigen Lehrerin, die Kinder liebt und ganz alleine deshalb genau diesen Beruf wählte. Aus Glück darüber, das wertvollste Gut der Menschheit alleine durch ihre Anwesenheit zu bereichern. Bestenfalls auch noch das eigene Wissen an wissbegierige, erwartungsvolle und wunderbare Geschöpfe der Erde weiterzugeben und sie zu begleiten, ihnen beim Wachsen zusehen zu können. Sie suchte und suchte und fand diese erst bei ihrem eigenen Kind in der Volksschule. Danke Elke!

Der beste Beruf von allen war verloren, nur das Talent zum Reden blieb.

Susi`s Weg ging weiter, immer höher, immer steiler, immer gefährlicher. Sie wurde schließlich Trainerin. Nein, keine Schwimm-, Reit- oder Tennistrainerin, das wäre zu einfach. Sie wollte denen helfen, die plötzlich keine Stimme mehr fanden, weil sie müde wurden, sich zu erklären. Denen, deren Talente so oft unter den Teppich gekehrt wurden, dass es sich nicht mehr lohnte, Staub zu wischen. Und riss dafür ihren Mund auf, konnte endlich sagen, was zu sagen war, ohne Rücksicht auf Noten oder Bewertungen oder gar Drohungen, die doch nur von den eigenen Unzulänglichkeiten ablenken sollten. Und bekam auch noch bezahlt dafür, dass sie sich kein Blatt vor den Mund nahm, würde gerne noch mehr helfen, weil es doch nichts zu verlieren gibt, nur zu gewinnen. Und hat dadurch die beiden besten Berufe vereint.

Susi hat den besten Beruf von allen, und das Lachen blieb.

MEHR ODER WENIGER

Im Zug auf der Fahrt nach Wien hat mir ein Mann, mehr oder weniger freiwillig, folgende Geschichte erzählt: „Als ich vor mehr oder weniger vielen Jahren meine Frau kennenlernte, haben wir uns mehr oder weniger nicht sehr lange gekannt, weil sie noch mehr oder weniger unerfahren war und ich doch schon Erfahrung hatte, als wir beschlossen, für das ganze Leben mehr oder weniger zusammenzubleiben. Deshalb wurde sie gleich mehr oder weniger schwanger und wir haben geheiratet. Ich habe sie schon mehr oder weniger geliebt, obwohl ich in der Nacht vor der Hochzeit die ganze Nacht nicht schlafen konnte, weil ich genau über diese Frage mehr oder weniger so viel nachgedacht habe. Meine Frau wurde dann sehr schnell ein bisschen eigen. Sie hatte mehr oder weniger keine Geduld mit sich selbst und mir und trotzdem lachten wir mehr oder weniger viel miteinander. Wir übersiedelten auch einige Male und es wurde immer anstrengender mit ihr, weil sie einfach mit meiner mehr oder weniger häufigen Abwesenheit nicht umgehen konnte. In dieser Zeit begann sie mehr oder weniger zu trinken (lacht), eigentlich mehr als weniger. Dadurch veränderte sich mehr oder weniger ihr Charakter und sie begann jetzt auch, sich mit den Nachbarn anzulegen wegen Kleinigkeiten. Dass die Nachbarin das Stiegenhaus nicht ordentlich geputzt hätte oder man bei Nebel keine Wäsche auf die Leine hängt. Dass sie den Schüler Franz mehr oder weniger jedes Mal als Erste grüßen müsse und ihm seine Hose mehr oder weniger über den Hintern hängt. Das müsse sie sich nicht anschauen. Sie wurde mehr oder weniger richtig aufmüpfig. Das ging so weit, dass ich sie einmal mehr oder weniger den ganzen Tag im Badezimmer einsperrte. Wasser könnte sie bei Durst von der Brause trinken. Außerdem haben wir auch noch eine Toilette im Bad. Als ich am Abend mehr oder weniger heimkam, willigte sie in eine Alkoholentziehungskur ein. Sie war sechs Wochen mehr oder weniger lang in einer Anstalt und die Kur war mehr oder weniger ein voller Erfolg für sie. Sie sagte, seitdem sie nicht mehr trinke, merke sie erst, wen sie da mehr oder weniger einfach geheiratet hätte und sie wird mich mehr oder weniger verlassen. Das hat sie tatsächlich mehr oder weniger gemacht, obwohl ich sie mehr oder weniger geliebt habe, wie ich eingangs bereits erwähnte. Gesagt habe ich es ihr nie."

Als der Mann in Wien ausstieg, tat er mir leid, mehr oder weniger.

VERLUST

Es liegt in der Natur des Verlustes, dass er erst schmerzhaft wahrgenommen wird, wenn es zu spät ist.

VON DER KLUGEN WEISHEIT

Es ist klug, die Kinder zu erziehen und weise, sie in jedem Augenblick zu lieben.

Es ist klug, Alte zu besuchen und weise, ihre Hand zu halten.

Es ist klug, Regenschirme zu erfinden und weise, nass zu werden.

Es ist klug, sich lautstark gegen das Unrecht einzusetzen und weise, zu beten.

Es ist klug, Musiker und ihre Kunst zu bewundern und weise, zwischen den Tönen zu hören.

Es ist klug, Autos und Flugzeuge zu bedienen und weise, zu Fuß zu gehen.

Es ist klug, vielen Sprachen mächtig zu sein und weise, der Stille zuzuhören.

Es ist klug, manchmal dem Übermut den Vorzug zu geben und weise, sich hinten anzustellen.

Es ist klug, zu tanzen und den Rhythmus zu spüren und weise, dem Rollstuhlfahrer zuzusehen.

Es ist klug, zu verreisen und die Welt zu erkunden und weise, sie von zu Hause aus erkannt zu haben.

Es ist klug, Visionen zu haben und Projekte zu entwerfen und weise, in DIESER Minute zu leben.

Es ist klug, Richter zu haben und Gesetze einzuhalten und weise, nicht anzuklagen.

Es ist klug, von Herzen zu lieben und weise, die Seele zu berühren.

Es ist klug, den Schmerz zu ertragen und weise, ihm zu danken.

DIE HEIMKEHR DER FREUDE

Aus dem Fenster schauen, immer wieder, jeden Morgen. Ich sehe einen Baum, einen Laternenmast, das Nachbarshaus, die Wiese und Sträucher. Plötzlich ein Huschen rund um den Strauch, etwas Kleines. Dann wieder, es saust über die Wiese, kraxelt auf einen Baum. Täusche ich mich oder hat es gewunken? Oh, jetzt kann ich erkennen, was mir das Herz schneller schlagen lässt … lauter kleine Vorfreuden purzeln auf meinem Grund und Boden, grundlos. Und einige Tage später steht sie höchstpersönlich in feierlichem Gewand im Garten neben der Trauerecke. Als ich vorbeigehen will, nimmt sie mich unaufgefordert unter ihren großen Umhang.

Die Freude ist heimgekehrt.

GEMEINSAMKEIT

Kleiner Mann steht vor einem Berg
sieht hinauf, sieht sich an,
„Oh, ich bin ein Zwerg“.
Großer Mann steht auf einer Wiese,
sieht hinunter, sieht sich an,
„Oh, ich bin ein Riese“.
Kleiner Mann und großer Mann
geben sich die Hand.
„Oh, welch wunderbares Land!“

IMMER DANN …

wenn die Schönheit beim Blick vom Berggipfel ins Tal unerträglich zu werden scheint,

wenn der berufliche Erfolg mich durch die Endorphinausschüttung in einen Flow kommen lässt,

wenn ich mir wünsche, die Langlaufloipe möchte endlos gespurt sein,

wenn ein Lachanfall keine Zeit zum Luftholen erlaubt,

wenn durch meine Hilfe ein anderer Mensch Erleichterung erfährt,

wenn mir alte Fotos Tränen in die Augen treiben,

wenn ich rückenschwimmend im See den blauen Himmel bestaune,

wenn sich durch Weiterbildung eine neue Sichtweise ergibt,

wenn mir der Schmerz Leidtragender durch die Medien zugetragen wird und mich erschaudern lässt,

wenn der Blick in Kinderaugen mein Herz weich werden und mich träumen lässt,

wenn eine hochschwangere Frau die Geburt herbeisehnt,

wenn ich vom Tod eines Gutbekannten erfahre,

wenn Lernen Lust und Freude bedeutet und mit Leichtigkeit geschieht,

wenn ich in Momenten des NICHTS mit der Welt und den Menschen versöhnt bin,

wenn der Augenblick vor dem Einschlafen noch einen einzigen, klaren Gedanken zulässt,

… fühle ich DICH

GEFÄHRLICHE GESCHWINDIGKEIT

Deine Langsamkeit ist mir zu langsam und meine Schnelligkeit ist dir zu schnell. Langsam entfernen wir uns voneinander, um wieder schnell zusammenzuwachsen.

ALLES GUTE ZUM GEBURTSTAG

in diesem „Allem“ wünsche ich dir das Wiedererkennen der Sonne hinter der dicksten Nebelwand.

Ein neues Lebensjahr, das dich hoffen lässt, dass mit diesem Leben genau DU gemeint bist und das zu dir gehört wie ein Kleidungsstück, das du auf der Haut trägst. Manchmal zum Schutz gegen die Kälte einen Strickpullover, der dich gegen die Kälte schützt und dich wärmt. Dann wieder, etwas seltener, die feine Seidenbluse oder Seidenhemd, für die schönen Anlässe, verbunden mit Freude.

Ich wünsche dir auch die richtige Wahl bei den Worten, die deinen Mund verlassen, damit du selber hinterher nicht verlassen wirst oder dich verlassen fühlst. Zärtlich und zärtelnd dort, wo dein liebender Mund ein liebendes Ohr findet. Klar und deutlich dort, wo Grenzen an dir überschritten werden oder du dich ungehört fühlst.

Ich wünsche dir Momente des ertragbaren Schmerzes, weil du einfühlsamer und weicher wirst in Schichten in dir, die du vorher nicht kanntest.

Und ich wünsche dir immer wieder Begegnungen, die deine Sehnsucht lindern, mit anderen und dir selbst.

ICH BIN DIR TREU

Ich bin dir treu
aber heute nur bis drei
denn um vier
klingelt`s an der Tür
und um fünf
fallen Bluse, Rock und Strümpf,
der Mensch ist dumm und stur,
um sechs der erste Blick zur Uhr,
schnell, husch, husch, hinaus zur Tür
um sieben,
bleibt ein Socken am Boden liegen.
Kommt er heim, pünktlich um acht,
hat auch etwas mitgebracht.
„Kannst du mir verzeih`n,
ich muss wieder weg um neun.
Muss in`s Geschäft, geht nur bis zehn.
Sockenaktion, das musst du doch versteh`n.“
Ich bin seit heute treu,
und das ist neu.

EINTRITT VERWEHRT VOM TÜRSTEHER

Ich möchte so gerne in dein Haus eintreten, ohne vorher mein Kommen anzukündigen. Einfach Tür auf, Hallihallo, ich bin`s. In dein Seelenhaus, wo ich willkommen war, weil Schwung in die Bude kam, sobald ich dein naturbelassenes Terrain betrat. Bevor du den kleiderkastenähnlichen Türsteher angeheuert hast mit Namen Hypothalamus. Dieser Teil im Gehirn filtert nämlich ganz genau, wer wozu und warum in dein Haus darf. Er setzt die Gefühle in Form von den Sinnen außer Kraft. Da half auch meine gefinkeltste Überredungskunst gar nichts, kein Bitten und Betteln, „ich will doch nur … probieren … vielleicht klappt`s doch …“. Ein Nein ist ein Nein, wo kämen wir denn da hin und selbst als ich mich auf die Zehenspitzen stellte kam ich doch nur bis zu den vor der Brust verschränkten Armen des Herrn Hypothalamus. Abgeblitzt! Deshalb versuche ich es anders, ein wenig hinterhältig, um nur ja nichts unversucht zu lassen. Ich bitte den lieben Gott, den Mentor aller Türsteher, mir wenigstens bei Nacht Zutritt in dein Seelenhaus zu lassen. Ich würde dir so gerne, wie du mir, im Traum erscheinen. Mit dir unbeschwerte Stunden des Lachens, Redens, Reisens, Laufens und Liebens verbringen. Und dann warten, ob der erste Sonnenstrahl am Morgen tatsächlich die Kraft besitzt, dir die nächtliche Leichtigkeit und Leichtsinnigkeit fortzuschmelzen. Und ob es anhält, das Gefühl „ich lasse zu und feuere meinen überbezahlten und unnötigen Türsteher, der mich abhält vom Leben.“

Schlaf gut und träum süß, mein Schatz

NEBST KINDERN

Vor vielen, vielen Jahren war es in unserem Breitengrad üblich, von Urlauben Ansichtskarten an die örtlich Zurückgebliebenen zu schicken. Darauf konnte man nachempfinden, wie toll es im kakerlakenüberfluteten Hotelzimmer an der oberen Adria sei, dass der Sand zwischen den Zehen und Zähnen nicht weiter störe, Saldi-rufende Strandverkäufer willkommen seien und grapschende Einheimische lustig wären. So oder so ähnlich stand auf den mit der untergehenden Caprisonne verzierten Karten. Heute wird per Smartphone die halbe Landschaft am Urlaubsort um die gesamte Erdkugel gejagt.

Auch Liebesgeflüster ergoss sich über seitenlange Briefe, auf deren Antwort man sehnsüchtig tagelang warten musste und es gab keine „supi, komme morgen, wird geil“ Whats app Nachrichten.

Und zu Weihnachten, da ging die Post erst richtig ab. Es wurde Friede, Freude, Eierkuchen via wenig ansprechenden, aber umso segensreicheren Postkarten gewünscht. Heute ersetzt durch ein „Schönes Fest“ – SMS mit angehängter Glocke, Christbaum und Geschenksmascherl. Früher also bekamen wir jedes Jahr von der fernen Verwandtschaft eine Karte mit der Endung „wünscht euch Tante Frieda und Onkel Kurt, nebst Kindern“. In einem Germanistenhaushalt löste das so viel Heiterkeit aus, dass ich als kleines Kind begierig war, genau diese Karte im Briefkasten zu finden. Ich trug sie stolz zu meinem Vater, und wir beide lachten und er versuchte mir zu erklären, dass es dieses „nebst“ gar nicht gäbe. Dass etwas, was es gar nicht gibt, so lustig sein kann, war mir egal und ich hinterfragte ob meines geringen Alters die Sache nicht weiter.

Damals war ich ein schüchternes Mädchen. Ich bin es auch heute noch, nur mit den beiden Unterschieden, dass ich kein Mädchen mehr bin und nur Wenigen meine Schüchternheit auffällt. Die Schüchternheit hat den Vorteil, dass man aus einer gesicherten Position heraus beobachten konnte, nebst Erfahrung sammeln. Ich wurde vielfach nicht wahrgenommen, weil ich mich bei Debatten der Großfamilie irgendwo dazwischenzwängte und ungestört zuhören, beobachten und Schlüsse ziehen konnte. Ein unfassbar wertvolles Training für meine heutige Arbeit. Damals wurde möglichst viel und schnell gesprochen und man konterte am besten schon, bevor der andere die Frage überhaupt gestellt hatte. Nur ja den eigenen Standpunkt verteidigen, selbst dann, wenn man innerlich vom Gegenteil überzeugt war. Die Vermutung liegt nahe, dass ich durch dieses sprechtechnische Ping-Pong-Spiel eine außerordentlich reaktionsschnelle Tischtennisspielerin wurde, nebst Ballverlusten.

Mit zunehmendem Alter wich meine Zurückhaltung dann doch einer eher wortgewaltigen Ausdrucksweise und sowie ich größenmäßig die Oberkante des Tisches erreicht hatte, redete ich den Rest der Familie unter diesen. Das brachte mir einige Sympathien ein, nebst zum Glück nur angedrohter Ohrfeigen.

Als in unserer Kleinstadt die erste Tierhandlung jemals eröffnet wurde, bekamen mein Bruder und ich wegen kontinuierlichem und hartnäckigem Betteln die Erlaubnis, uns von unserem Taschengeld ein kleines Haustier zu kaufen. Wir konnten uns gar nicht sattsehen an den kleinen Häschen, Hamsterchen, Vögelchen, Eidechschen, Fröschchen und Meerschweinchchen. Erst am Abend kamen wir aufgelöst, schwitzend und mit geröteten Wangen heim. Wir hatten eingekauft und zwar einen kleinen, grünen Frosch, nebst Krokodil. Ja, Sie haben richtig gelesen. Zwei Nachbarskinder gaben uns finanzielle Unterstützung. Der Tierhändler, nicht weniger verrückt als wir, händigte uns ohne

Umschweife das Tier und seine Nahrung, eben den Frosch, aus. Versteckt wurde der Babyaligator neben dem Käfig mit den weißen Mäusen im Keller, die ohnehin zum Himmel stanken. Meine Eltern waren erstaunt wegen unserer Bescheidenheit und wunderten sich ein bisschen…Frösche springen zu Hauf im nahen Wald herum. Etwas Ausgefalleneres hätten sie uns zugetraut. Die ersten Tage vergingen wie im Flug und wieder wunderten sich die Eltern, dass die weißen Mäuse plötzlich halbe Schulklassen anlockten, mit denen wir im Keller verschwanden. Wir verlangten einen Schilling Eintritt und das läpperte sich zusammen. Natürlich ging die Sache schief. Krokodil von Vater gefunden, Mutter schrie, Krokodil zurück in Tierhandlung, Bürgermeister Verweis an Tierhändler. Unserer Tierliebe tat das keinen Abbruch, obwohl auch die nächste Sache schiefging. Da es damals noch kein Universum und sowieso keinen Fernseher im Haushalt gab – den bekamen wir anlässlich der Mondlandung – waren wir auf die zoologische Feldforschung der eigenen Art angewiesen. Fragen Sie mich nicht, warum, aber wir wollten einen Raben untersuchen. Und fragen Sie mich bitte erst recht nicht, woher wir das Flobertgewehr hatten. Ich habe es verdrängt. Jedenfalls zielte mein Bruder nach einem Vogel, ich war Aufpasserin, und dieser plumpste wie ein Sack zu Boden. Tot, dachten wir. Das wäre wegen der Erstuntersuchung, dem veterenärmedizinischen Mutter-Kind-Pass, nicht nötig gewesen. Aber als wir das arme Tier berührten, sprang es auf die Beine, und war völlig unversehrt. Ein Schock für das Tier, nebst Riesenschreck für die Kinder.

Wir verlegten unsere Aufmerksamkeit auf Tiere, die nicht so ein Geschrei oder Aufsehen machten wie die beiden Letzten und besorgten uns ein Aquarium mit Goldfischen. Zwecks Vortäuschung falscher Tatsachen für die Fische färbten wir die Rückwand dunkelblau, um die Weiten des Ozeans zu imaginisieren.

Wir waren gewohnt, zu sparen und nichts übrig zu lassen. Nicht beim Essen und nicht bei der Farbe. Es blieb so viel blaue Farbe übrig, dass wir unseren gesamten Mülleimer und den des Nachbarn mitstreichen konnten. Die Eltern tobten und schimpften, nebst dem Nachbarn.

Es war eine schöne Kindheit und Pfeil und Bogen gehören zu den ferientäglichen Accessoires. Ich traf z.B. mit dem ersten Schuss und dem extrateuren Pfeil auf Anhieb das Loch im Kanaldeckel. Da halfen auch keine Sprüche wie „Clint Eastwood, sieht schlecht, schießt gut", ich musste den Pfeil dem Nachbarsbuben bezahlen. Ebendieser Peppi versuchte meiner Freundin Rosi, die sich zu hoch auf einen Baum, aber nicht mehr heruntertraute, zu helfen. Er nahm den zweiten Pfeil aus dem Köcher, zielte, schoss und traf. Gott sei Dank blieb es bei einem kleinen Loch im Unterschenkel mit großer Wirkung. Ich lief völlig aufgelöst zu Peppi`s Mutter und meldete „ Peppi hat die Rosi vom Baum geschossen". Diesmal war für alle die Strafe härter. Ein dreiseitiger Aufsatz „wie spiele ich ordentlich mit Freunden?", nebst Ausgangssperre.

Ich war dann richtig froh, als ich das Alter der Mutproben, dich ich fantsiereich selbst erfand, hinter mir lassen konnte. Und nicht mehr „wer kommt am weitesten beim Blindfahrradfahren?" oder „in ein fremdes Haus einsteigen, fünf Minuten drinnen bleiben, wieder rauslaufen" (selbstverständlich ohne Beute), spielen musste. Einmal ging die Mutprobe so weit, dass wir einem wildfremden Mann den Hut vom Kopf nahmen, ihn selber aufsetzten und dem Verdutzten dann wieder auf den Kopf klatschten. Und dann das ewige „wer trifft mit dem Schneeball ein Polizeiauto?". Ich besuchte als Kind eine geistlich geführte Volksschule und hatte des öfteren das Gefühl, dass ausgerechnet an mir die Ordensregeln als Erziehungsmaßnahmen angewendet wurden. Kam aber bald dahinter, dass ich mich vor langen schriftlichen

Strafarbeiten drücken konnte, indem ich die Mittagspause als Buße in der hauseigenen Kapelle verbrachte. Die Buße für z.B. Auslösen des Feueralarms war für mich mit fünfminütigem, inbrünstigem um Verzeihung bitten abgegolten und das Ende der Mittagspause noch lange nicht in Sicht. Deshalb dachte ich mir, ich könnte mich nützlich machen, indem ich mit dem feuchten und bakterienverseuchten Schwamm im Weihwasserkessel den Heiligenfiguren das Gesicht waschen würde. Hl. Florian, selber mit Wasserkübel unterwegs, Hl. Sebastian mit den vielen Schwertern im Leib, Hl. Maria mit dem Fuß auf der Schlange … allen tat es gut und ausgerechnet bei Jesus wurde ich erwischt. Nachdem ich zwei Freundinnen von der Notwendigkeit der Heiligenfigurenwaschung überzeugen konnte, wurde ich an dem Brief an die Eltern als Rädelsführerin bezeichnet, nebst Ikonenschändung.

Auf ausdrückliches Anraten der pädagogischen Obrigkeit wurde ich schließlich auf eine Kneippkur geschickt, um mir mit kaltem Quellwasser die Flausen auszutreiben. Beim ersten Kaltwasserguss am Morgen war es ein reiner Reflex, dass ich den Schlauch blitzartig der Pflegerin entwand und den Spieß, in diesem Fall den Schlauch, umdrehte. Aug um Auge, Zahn um Zahn, die Sadistin war klitschenass, nebst ihrer Kleidung. Die Kur war ein Riesenerfolg – nicht für mich – sondern für den überwiegend depressiven Teil der Kurgäste. Ein jeder wollte mich am Tisch und in seiner Gruppe haben und wir hatten viel Spaß miteinander.

So ging es fröhlich, lustig, heiter, immer vorwärts, immer weiter. Und ich verstand erst, als ich selber Mutter war, wie viel Anstrengung, Geduld, Kraft und Liebe es bedeutet, dieses

NEBST KINDER

TANZ DICH FREI

Es geschah irgendwo im Nirgendwo. Aber doch in diesem Jahrhundert, genauer noch, es gab schon eine Homepage, noch präziser, es war erst vor kurzem.

Für eine sinnvolle, fröhliche Abendunterhaltung googelte ich zum Thema „tanzen" und wurde schnell fündig. Ganz weit weg, aber doch erreichbar. Auf sympathische Weise wurde eine Form von Tanz angeboten, wo man sich durch Rhythmus, Takt und Lebensfreude innen und außen spürt, gleichzeitig zur Ruhe kommt und mit sich und der Welt im Reinen ist. Juhu, das habe ich gesucht! Und so kurvte ich zusammen mit einer Freundin voller Vorfreude auf die mitschwingende, fröhliche Tanzgruppe in den dämmrigen Abend.

Bereits bei der Ankunft dämmerte es mir. In der Garderobe – wir waren zirka fünfzig Menschen auf fünf Quadratmeter setzten wir die ersten, unfreiwilligen Tanzschritte. „Entschuldigen Sie, ich wollte nicht meinen Stöckel auf Ihren nackten Fuß … AU, das war mein rechter Rippenbogen … macht nichts, kann passieren … wo ist denn Michaela?". Sie klebte in gebückter Haltung mit ihren langen, blonden Haaren am Klettverschluss eines Anoraks einer ebenso an Schwingung interessierten Frau fest. Als wir mit Socken in den Tanzsaal huschten, waren wir bereits beide verschwitzt.

Wir wurden gebeten, die Socken auszuziehen, da man über die nachten Fußsohlen unsere Schwingungen besser wahrnehmen könnten. Hätte ich gewusst, dass sich bei mir die Schwingung der Unterkühlung und langsam hochkriechenden Kälte über die Füße direkt im gesamten Körper ausbreitet … ich hätte mich geweigert.

Ich schämte mich ein wenig, weil ich immer noch lachte, obwohl bei den ersten Klängen der rhythmischen Meditationsmusik – ich konnte den Rhythmus einfach nicht übernehmen – doch die meisten Tänzer bereits feierlich, ernste Gesichter aufgesetzt hatten. Von einer Minute auf die andere ließ man sich fallen, eine Frau mit einer rot-schwarz geringelten Strumpfhose, sie war um die fünfzig, erschreckte mich, weil sie den Oberkörper abrupt nach vorne kippen ließ. Instinktiv wollte ich sie auffangen, weil ich einen Kollaps befürchtete und merkte gottlob noch rechtzeitig, dass die Innenkehr bereits stattgefunden hatte. Innerlich bereits ziemlich unruhig, weil ich immer noch verhirnt das Szenario mit zunehmendem Interesse verfolgen wollte, bemühte ich mich, der Aufforderung der Leiterin, nachzukommen. Leicht schwebend durch den Saal zu tanzen, ohne den anderen zu berühren. Als ich dann doch ob meiner etwas blockierten Federung heftiger an einem Herrn, auch er war um die fünfzig, anstreifte, wollte ich mich entschuldigen. Oh, seine Augen waren geschlossen und er war im „blinde Kuhspiel" so versunken, dass ich mich wieder auf mich selbst und meine Gefühle konzentrieren konnte. Nicht lange. Eine Frau verfolgte mich regelrecht, imitierte meine Bewegungen und ich begann sie, um Gewissheit zu erlangen, zu testen. Ich machte, wie ich es bei den Kinderturnkursen so oft vorgezeigt habe, einen Elefanten. Das bedeutet, ich fasste mich mit der linken Hand am rechten Ohr, schob den rechten Arm durch und winkte der Dame freundlich zu.

Angewidert drehte sie sich weg und ich hatte wieder freien Weg durch die Menge.

Dann kam es zum Stehtanz. Jeder suche sich einen Platz, das war leichter gesagt als getan. Hinter mir begann eine Frau laut zu gähnen, sehr laut. Beim ersten Mal steckte sie mich an, ich merkte, wie müde ich war. Beim 59. Mal lautes Gähnen im Rücken wandelte sich das anfängliche Unverständnis in Wut und ich war froh, als wir uns niederlegen durften.

Wer möchte, darf sich, wildfremde Menschen, im Liegen umfassen. Hilfe, ich setzte mich sofort auf, um zu beobachten. Macht das jemand, das glaube ich nicht. Drei Minuten, drei umfasste Leiber, fünf Minuten, fünf umschlungene Erwachsene. Ich stand auf und schaute vorsichtig aus dem Fenster. Erster Stock, zu hoch, um zu springen und zu jung, um es dem „Hundertjährigen, der aus dem Fenster sprang und verschwand", nachzutun. Immerhin war die Straße beleuchtet, ein Fußgänger, ich könnte winken und auf mich aufmerksam machen. Nicht nötig, reine Übertreibung, die Menschen lagen friedlich am Boden, auch die gähnende Frau war harmlos.

Das ging so gut eine Stunde lang, die Füße waren immer noch recht kalt, dafür der Kopf schon mächtig heiß. Wo war nur die Direktleitung zwischen diesen beiden Körperteilen, damit ich eine ausgleichende Wohlfühltemperatur im ganzen Körper herstellen konnte?

Rhythmuswechsel.

Die Musik wurde etwas schneller, für mich tatsächlich rhythmisch und wir bekamen die Erlaubnis, uns einen Partner, männlich oder weiblich, zu suchen. Und zwar, indem wir wieder frei tanzten und jemanden berühren durften, wenn wir selber und das Gegenüber es auch wollten. Ich wollte nicht und schloss einfach die Augen…bin nicht mehr da! Plötzlich eine sanfte Berührung am Rücken, oje, die Ringelhosenfrau, schoss es mir durch den Kopf. Augen auf und durch, umdrehen, was war das?

Vor mir stand ein wahrer Adonis, wo kam der her? Er hätte mein Enkel sein können und er bat mich zum Tanz, wir lachten beide, die Schrittfolge und das Herz wurde plötzlich leicht, mir wurde warm und endlich spürte ich sie. Die Leichtigkeit, wegen der ich gekommen war.

Am Ende der im wahrsten Sinne des Wortes „Vorstellung“ setzten wir uns in einen Kreis. Jeder konnte sagen, was er sich denke. Ich hütete mich davor, finde aber die Bemerkung einer Frau erwähnenswert: “Zuerst ging die Musik in mich hinein, dann ging sie wieder aus mir heraus.“

Vor der allgemeinen Schlussgruppenumarmung sah man zwei weibliche Gestalten heimlich in die nun doch geräumige Garderobe entschwinden und flugs die Treppe hinuntersausen.

Ich nahm zwei Stufen auf einmal.

MEINE VIELEN MÄNNER

Das erste Mal geheiratet habe ich sehr früh. Ich war ca. neun Jahre und bereits ein halbes Jahr verlobt. Ich nahm den Nachnamen meines Mannes Pierre an, hieß also ab sofort Brice. Er besaß neben wundervollen Charaktereigenschaften auch einen wundervollen schwarzen Hengst, der wiederum hieß Iltschi. Als Frau des Häuptlings stand mir selbstverständlich ein eigenes Pferd zu und so flogen wir im Jagdgalopp gemeinsam durch die kroatische Landschaft. Damals dachte ich noch, wir seien in Amerika. Iltschi war der Bruder des Pferdes von Old Shatterhand, dem Blutsbruder meines Mannes. Auch er hatte ein Auge auf mich geworfen, die Großfamilie von Winnetou nahm mich aber vom ersten Augenblick des Kennenlernens so herzlich auf und das Wohnen in einem Zelt erschien mir in diesem Alter auch aufregender als in einer texanischen Luxusvilla. Außerdem war Old Shatterhand ein i-Tüpferlreiter und Besserwisser, der zu jedem Überfall überpünktlich erschien und überhaupt alles im Vorhinein wusste. Das ließ keine Möglichkeit für spontanes Handeln und würde mir auf die Dauer zu langweilig, das spürte ich instinktiv in meiner Mädchenbrust.

Und so lebten wir ein abwechslungsreiches Leben inmitten einer wunderbaren Natur, um das mich jede gleichaltrige Europäerin beneidete. Nur gut, dass wir keine Kinder bekamen. Jeder halbwegs gebildete und normal aufgewachsene Mensch nach den fünfziger Jahren geboren, weiß, wie traurig die Geschichte endete. Vorausgesetzt, es gab im elterlichen Haushalt bereits einen Fernseher.

Die wunderschöne Frau des Indianerbürgermeisters wurde Witwe, weil das wachsame Adlerauge, nur einmal kurz unkonzentriert, in eine Falle ritt.

Ich trug schwarz und benahm mich gemäßigt und nach einer angemessenen Trauerphase war ich doch froh, meine Persönlichkeitsentwicklung vorantreiben zu können, indem ich mich einem neuen Pferd und Mann zuwendete. (Die Reihenfolge tut mir in diesem Fall leid, aber was liegt, das pickt).

Auch dieser Mann war ein großartiger Reiter, diesmal sogar mit Sattel und auch er stand auf der Seite der Guten. Wenn da nur meine drei nervigen Schwager nicht gewesen wären. Little Joe (nomen es omen) von der Ponda Rosa Ranch und seine männliche Familie nahmen mich ebenfalls hocherfreut auf, weil sie dachten, der Haushalt würde ab sofort in weibliche Hände übergehen. Irrtum, ich versuchte bei den Scharmützeln mit ortsüblichen Banditen meinem frisch Angetrauten Rückendeckung zu geben und der Wortwitz bekam eine neue Dimension.

In jedem Leben gibt es immer sogenannte „Zuträger“, die einem erzählen, was man gar nicht hören will. Wer, wo was über einen gesagt hat, meistens ist es nicht positiv. Solche Menschen kann man leicht abhalten, es noch einmal zu tun, indem man sie fragt, warum genau sie das erzählen.

Aus dieser verliebten Verträumtheit wurde ich also hart herausgerissen, als mir zugetragen wurde, dass mein schöner „kleiner Josef" eigentlich gar keine Frauen liebe, weil er homosexuell war. Leider gab es zu dieser Zeit den Begriff des „outens" noch nicht und so war ich die Letzte, die davon erfuhr.

Und so war es wahrlich nicht verwunderlich, dass ich mich dem testosterongeschwängertsten Mann aller Zeiten zuwandte. Einem, der nicht mit dem Wolf tanzt, sondern gleich mit ganzen Elefantenherden und eigenhändig einen Löwen in den Würgegriff nahm. Furchtlos schwang ich mich, von muskelbepackten Bizeps fest umschlungen und von Lianen gesichert, von Baum zu Baum. Meinem Freitheitsdrang wurde Rechnung getragen, allerdings nur so lange, bis mir schwindlig wurde. Zusätzlich wurden meine Stimmbänder angegriffen, weil ich mich wegen der geringen Artikulationsmöglichkeiten meines Gatten nur mittels Schreien im AAAAA-OOOOO-AAAAAIIIIOOOO Bereich verständigen konnte.

Ich bleibe Single. Diesen Entschluss habe ich bis zu meinem dreizehnten Lebensjahr durchgehalten. Dann stellten sie sich wieder an vor der mentalen Haustür. Paul Mc.Cartney, Cat Stevens, Neil Diamond und wie die Verführer reiner Mädchenseelen alle hießen.

Es war für mich dann eine erleichternde, erleuchtende und beruhigende Erkenntnis, als ich registrierte, dass es auch in meinem Umfeld ähnliche, viel geistreichere und leichter zu erreichende Herzbuben gab, die mich auf Händen trugen. Dem örtlichen Freibad sei Dank.

DIE MORGENANGST

Ein jeder kennt das Spiel „Wer fürchtet sich vorm schwarzen Mann?“ Die Kinder rennen durch den Turnsaal, ein Gleichaltriger ohne Verkleidung versucht, möglichst viele Mitschüler zu fangen. Dabei wird geschrien, dass Klein-Oskar von der Blechtrommel seine Freude gehabt hätte. Und obwohl alle Kinder wissen, das ist ganz sicher der brave Toni aus der zweiten Bankreihe, rennt man, als ob der Teufel hinter einem her wäre. So ist das mit der Phantasie bei Kindern.

Und bei Erwachsenen.

Der schwarze Mann kommt oft über Nacht und am Morgen, noch bevor man richtig ins Bewusstsein gelangt, kriecht die Angst die Bettdecke hoch. Bis sie einen ganz erfasst und als schweres Eisenblech den gesamten Körper auf die Matratze drückt, von der man sich zu erheben heute ohnehin nicht vorstellen kann. Dabei sind diejenigen Menschen noch als glücklich zu bezeichnen, die diese geistige Folter benennen und zuordnen können. Weil das Gewicht auf der Brust vielleicht die im letzten Monat erfolgte Kündigung ist. Und man sich seither schämt, untertags Einkäufe zu erledigen, wo doch die Stechuhr in der Firma bereits seit vier Stunden laufen sollte.

Oder weil man eine SMS Nachricht in detektivischer Kleinarbeit aus dem Handy des Partners herauskitzelte und jetzt die ohnehin bereits vermutete Gewissheit hatte. Fremdgehen als Volkssport hält nur andere fit. Selber eröffnet es einem Tür und Tor….zu ebendiesem morgendlichen Eisentor. Und als ob das nicht genug wäre, kommt die Schuld angekrochen, umgehängt und schnürt den Hals zu, dass einem die Luft wegbleibt. Warum merke ich das so lange nicht, hätte ich vorher reagiert, war ich tatsächlich unfähig, Sehnsüchte und Begierden zu erfüllen? Es wird gesucht und nachgefragt, wo es nichts mehr zu suchen und nachzufragen gibt, nur mehr zu leiden.

Ganz zu schweigen, wenn sich jemand unerwartet vom Diesseits verabschiedet hat, dem man doch noch das Wichtigste sagen wollte. Von dem man doch noch ganz dringend eine Antwort hätte hören wollen. Auf einen Brief, dem man ihm einmal vor vielen Jahren geschrieben hat, weißt du noch, ich warte doch.

An solchen Tagen aufstehen und am Trubel des irdischen Daseins möglichst teilnahmslos teilnehmen, erfordert eine Riesenportion Selbstüberwindung. Licht aufdrehen, Augen auf, links und rechts gerollt, Decke zurückschlagen, ein Bein, am besten das rechte, zuerst. Dann das linke, aufsetzen, aufstehen und in das Bad tappen. Hinein unter die Dusche, oh, tut das warme Wasser gut, heute bleib ich extralange darunter stehen und … in den letzten zwei Sekunden auf kalt gedreht. Jetzt hat sie sich erschreckt, die Morgenangst und spätestens ab jetzt kann man den neuen Tag mit seinen vielen schönen und positiven Facetten begrüßen.

BUSSI, BUSSI

Ich weiß genau, warum ich mich bis zum vollendeten vierten Lebensjahr geweigert habe, beim Grüßen die Hand, auch nicht die Schöne, zu reichen. Obwohl ich damals noch gar nichts von einer zu unterschreitenden Distanzzone bei Fremden gehört hatte. Meistens beugten sich die Erwachsenen beim Handgeben eines Kindes ja noch gefährlich nahe zu den Kurzen hinunter. Es war mir einfach zuwider, fremden Menschen, nur weil sie einen

Teil meiner Eltern kannten und auf der Straße wiedererkannten, einen Körperteil von mir zum Angreifen zu geben. Dann wurde dieser Teil meist auch noch fest gedrückt, gar geschüttelt, dass man von Glück reden konnte, wenn das Schultergelenk an der dafür vorgesehenen Stelle blieb. Außerdem war dieses Ritual meist eine Einleitung einer langweiligen und langandauernden Gesprächsrunde, von der ich nicht nur nichts verstand, sondern erst gar nichts verstehen wollte. Reine Zeitverschwendung, die man viel besser mit Herumtollen, Sandspielen, Gartenumgraben und Hasenfüttern zubringen hätte können.

Ich wollte mich da wirklich bessern, damit sich meine Mutter nicht unnötig mit mir schämen müsste, wenn ich wieder verweigerte. Deshalb übte ich mit meiner schneeweißen Katze Baudi, sobald sie mir entgegenlief. Ahnend, was ihr bevorstand, setzte sie sich sofort brav nieder, weil sie wusste, dass ihr Pfötchen sogleich umfasst, gedrückt und hin und her bewegt wurde.

Es gibt im Ganzen acht verschiedene Arten, sich gegenseitig die Hand zu geben, die Hand im Gesicht des Gegenübers nicht mitgerechnet.

In Asien, zum Beispiel, gilt das Händeschütteln beim Zusammentreffen zweier Menschen gar nicht als freundliche Grundregel, sondern als Eingriff in die Privatsphäre. Geschäftliche Meetings natürlich ausgenommen.

Wussten Sie, dass es die eskimoische Begrüßung mittels dümmlichem Nasenreiben gar nicht gibt? Nicht einmal dann, wenn sich der andere vorher geschneuzt hat. Und dass man auch nicht Eskimo sagt, weil das „Rohesser“ heißt und somit eine Beleidigung darstellt. Die Inuits, so heißen sie richtig, beschnuppern sich gegenseitig, das machen wir übrigens auch. Wenn man jemanden nicht riechen kann, ist der schneller aus dem Sozialnetzwerk draußen als der Wind sich dreht.

Der indische Gruß ist mir sympathisch, weil man sich hier nur selber die Hand gibt, indem man beide Handflächen sanft aufeinanderlegt und sich leicht vor dem Nachbarn verbeugt. Namaste.

Handshake ist in Amerika angesagt, sofern sich die Hand vom Revolverknauf kurz freimachen lässt. Das längste Begrüßungsritual findet in Lateinamerika statt, da braucht man schon etwas Zeit. Zuerst ein „Grüß Gott" mit Handschütteln, dann Übergang zum weniger nüchternen Teil mit herzlicher Umarmung, gefolgt von einem Wangenkuss, der wiederum von einem abermaligen Händeschütteln begleitet wird. Den Abschluss bildet ein amikales Schulterklopfen. Ich stelle mir gerade vor, dass ich bei einem Einkauf doch relativ viele Bekannte treffe. Ich gehe also morgens um acht Uhr schnell zum Bäcker, um für das Frühstück fünf Kornspitz und einen Liter Milch zu besorgen und komme um 18 Uhr rechtzeitig zum Abendessen heim. Die Kornspitze kann ich ja mit Schinken und Käse füllen, damit ich nicht umsonst beim Bäcker war.

International gängig ist die Vorgangsweise, wonach eine Frau zuerst dem Mann die Hand reicht und der Ranghöhere dem Niedrigen. Spätestens hier würde ich wieder in die infantile Verweigerung regressieren. „Sind Sie ranghöher als ich? Können Sie sich bitte ausweisen?"

Apropos Distanzzone: Laut Dr. Eckhart Hirschhausen ist nicht die Familie die kleinste, soziale Einheit, sondern ein Fahrstuhl. Nirgendwo anders steht man plötzlich zirka zehn Zentimeter unfreiwillig vor dem Gesicht eines anderen. Da kann jede Frau von Glück reden, wenn der Mann, dem sie gegenübersteht, keine zehn Zentimeter kleiner ist als sie. Highheels in Fahrstühlen sind nicht zu empfehlen, man soll für diesen Zweck immer ein Paar Ballerinas in der Handtasche mittragen. Und wo sieht man dann hin? Nein, man hält nicht Blickkontakt mit dem Gegenüber, außer man will sich die Parship Gebühren sparen. Man schaut entweder auf seine Füße oder auf die Tastatur im Lift. War noch nie so spannend, grüne 1 oder 2 oder 3 zu fixieren, dann sogar ein EG oder K. Machen Sie einmal den Versuch, den Kopf ein wenig schief zu legen und lieb lächelnd der Dame, die Ihre Distanzzone unterschritten hat, das Haar von der Schulter zu nehmen … viel Glück dabei!

Als ich bereits erwachsen war und mich längst an das Händeschütteln gewöhnt hatte und es schon lange nicht mehr hinterfragte, kam mir eine neue Form des Begrüßens ähnlich ungewöhnlich vor. Man trifft einen Menschen, dem man erst einmal kurz vorgestellt wurde und schon, hast du`s nicht gesehen, hat man links und rechts einen Schmatz auf den Wangen. Bis zu diesem Zeitpunkt dachte ich immer, man muss jemanden mögen, um seine Wange auf die eines anderen zu drücken. Manchmal ist mir dabei schon ein „au" herausgerutscht, weil die Emotion der Wiedersehensfreude solche Wogen schlug, dass das Aufeinanderprallen der beiden Wangenknochen krachte. Und enterisch wird mir dann so richtig, wenn diese Bussi-Bussi Turtelei noch von einer kräftigen Umarmung begleitet wird.

Bei Affenkäfigen wird man ausdrücklich darauf hingewiesen, dass für kleine Kinder ein Bussi am Zaun lebensgefährlich sein kann. Achtung, Bissgefahr.

Sollte es ein T-Shirt mit ähnlichem Aufdruck geben, lassen Sie es mich bitte wissen.

DIE WAHRSAGER

„Was wahr ist, darf man sagen", sagt ein Freund, der`s wissen muss, zu mir. Das bezieht sich allerdings auf die Gegenwart und nicht auf die Zukunft.

Wahrsagen ist eine Kunst, die nur wenige beherrschen. Man kann dafür keine Schule besuchen, es gibt auch keinen universitären Lehrgang, so sehr ich mich dafür auch interessiert hätte. Wo man sich ein fundiertes Know-how, wenn möglich, mit wissenschaftlichem Hintergrund aneignen hätte können.

„Dr.phil.fut." liegt noch in der Zukunft.

Darüber, welche Katastrophen in diesem Jahrhundert auf die Menschheit zukommen mögen, welcher politische Umbruch sich in Europa in den kommenden zehn Jahren abzeichnen wird, wie sich der Schweizer Franken in den zu erwartenden drei Jahren entwickeln wird und ob einem der Nachbar auch morgen noch freundlich grüßt. Und ob die eigenen Kinder möglichst sorgenfrei durch`s Lebensdickicht stapfen, selbstverständlich. Herrlich wäre das, man könnte jedem Unheil durch eine heftige Drehung am Lebenslenkrad geschickt ausweichen, findet ganz nebenbei den richtigen Partner und Job auf Lebenszeit und muss sich so nicht alle paar Jahre aus dem Graben ziehen oder ziehen lassen. Man wäre nicht angewiesen auf Erfahrungen, die man in dieser Form lieber nicht gemacht hätte, muss nicht mit den eigenen Reflexionen, die dadurch entstehen, umgehen lernen und braucht sich nicht vor der Zukunft ängstigen.

Und obwohl dieses Voraussagen nur elitären Propheten vorbehalten ist, gibt es sie massenhaft, die Wahrsager. Oder hatten sie in Ihrer Kindheit niemanden, der Ihnen weissagte, dass Sie bei dieser an den Tag gelegten Schlamperei oder Sprunghaftigkeit (heute nennt man es Flexibilität) niemals einen ordentlichen Beruf, wo Beständigkeit gefragt sei, ausüben werden können? Nie irgendwelche Onkeln und Tanten, Brüder und Schwestern im Herrn, die Sie aufmerksam machten, dass man in diesem Alter ans Heiraten und Kinderkriegen denken sollte, damit man nicht überbleibt?

Menschen, die bis zu einem gewissen Alter noch nicht verheiratet sind, sind sowieso suspekt. „Will er nicht oder kann er nicht? Was genau hat er nicht mitbekommen?“ Spekulationen aller Art sind Tür und Tor geöffnet und es wird wild und weidlich diskutiert. „Sie ist ja gar nicht so schiarch, die wird sich noch anschauen, wenn sie einmal nicht mehr so attraktiv ist, so arrogant alleine durch das Leben zu gehen.“ Die nächste Prophezeiung.“ Wenn das alle machten, wo kämen wir denn da hin?“ Merke, es ist für das gesellschaftliche Bild allemal noch erträglicher, man ist geschieden oder noch besser, der Partner ist verstorben, als man war noch nie unter der Haube. Solche langjährig Unverheirateten sind auch bei Internetforen schwerer zu vermitteln, es sei denn, der Kontostand übersteigt den im mitteleuropäischen Raum üblichen Rahmen u.a. in Form von vorzeigbaren Immobilien. (nicht im Schweizer Franken investiert, versteht sich).

Inwieweit bei dieser geistigen Glaskugelbeschau die eigene Unfähigkeit, sein Leben selbstbestimmt in die Hand zu nehmen und der dadurch entstandene Neid eine Rolle spielt, lohnt sich nur für den Wahrsager selbst zu hinterfragen. Sofern er überhaupt aus seiner Negativspirale aufsteigen will, um in das Licht einer toleranteren Denkweise zu kommen. Wobei es für das eigene Wohlbefinden ratsam sein kann, auch mit den Wahrsagern persönlich tolerant umzugehen, zumal sie aus dem nahen Familien- und Freundeskreis stammen. Diese Missgunst entsteht meist aus einem eigenen Unvermögen, seine Wünsche zu artikulieren oder einer Fülle verpasster und hinterher leider registrierter Chancen.

Das wiederum stellt eine gewaltige Bremse im Umsetzen von eigenen Bedürfnissen und Interessen und dem Fällen von mutigen Entscheidungen dar.

Rechtzeitiges Vorbeugen bei Negativprophezeiungen im persönlichen Bereich hilft, indem man nur Auserwählten erlaubt, das eigene Leben und die ohnehin ungewissen Zukunft, zu dokumentieren.

Auch der französische Dramatiker Marcel Aymé dürfte so seine Erfahrungen zu diesem Thema gemacht haben, wenn er meint „Das größte Vergnügen im Leben besteht darin, Dinge zu tun, die man nach Meinung anderer Leute nicht fertigbringt“.

GUT DING BRAUCHT WEILE

Und wem geb\` ich nun die Schuld
an meiner ungeduldigen Geduld?
Nur für hier in\`s recht Licht gerückt
hab ich als letztes Kind das Licht der Welt erblickt.
Unschuldig vierzig Wochen in Dunkelhaft,
hab\` ich den Ausbruch bravourös geschafft.
Lerne flugs das Laufen und das Sprechen
viel zu viel, man musste damit rechnen;
spielte gern im Wald und auch im Garten
dennoch ließ der Schulbeginn auf sich warten.

Endlich, heißersehnt, der erste Schultag kam
und mir die Illusion vom schnellen Leben nahm.
Ab dato lernte ich sitzen, lauschen, malen, beten
und von einem Fuß auf den anderen zu treten.
So ging das eine kurze Kindheit lang,
gestillt noch lange nicht, der Drang,
das Leben weiter zu genießen … und zwar intensiv,
da kam nicht jeder mit, ging manches schief.
Traurigkeit und Zweifel, nie von langer Dauer,
lag ich nach Neuem stets auf feiner Lauer.
Selten umgab mich, auch ohne Hektik und Eile
eine von innen und außen umrandete Langeweile.
„Es liegt beizeiten in der Ruhe die Kraft“,
bis zu diesem Spruch hab ich es selten geschafft.
Es dauerte lange, das Wachsen an Geist und Gestalt,
der Körper ist fertig, beim Geist werd` ich alt.
Und aus diesem Grund, man ahnt es schon,
wird aus mir never ever eine Meisterin der Meditation.
Vielleicht sollte ich es öfter lassen, das JETZT oder NIE
wär schonend, für Umfeld, Konto und Knie.
Also gut, ich nehm mir die Zeit, zu warten … auf Grab oder Urne,
bleib gut und viel in Bewegung, indem ich schreibe und turne.

MORGEN SCHAFFE ICH DAS LEID AB

Mir ist bis heute nicht klar, wer genau das Leid in die Welt gebracht hat und wofür es überhaupt gut sein soll, das Leid für die Leut`.

War es der liebe Gott, der mit der Schöpfung einen psychologischen Versuch an seiner selbsterfundenen Krönung statuieren wollte? Wieviel Leid ist möglich, einem anderen zuzufügen? Und wieviel hält dieser Hinzugefügte aus? Liefen in biblischen Zeiten tatsächlich viele Einäugige, Rotbackige und Zahnlückenträger herum, vor lauter Aug` um Auge, Zahn um Zahn? Und dann erst, wenn man die zweite Backe auch noch hinhalten musste. Wenn man gleich die zweite zuerst hingehalten hätte, hätte man sich eine Ohrfeige erspart, ökonomisch und schmerzlindernd betrachtet.

Kam das Leid mit der Affentanztheorie von Charles Darwin, als man sich mühsam vom Vierfüßler zum Einradfahrer hocharbeiten musste? Bei einer ordentlichen Adrenalinausschüttung hieß es da gleich einmal Rübe ab oder Pfeil im Bauch, wie es Ötzi bewies. Der in den Alpen gefundene ist gemeint, nicht der ein weißes schlafhauberltragende Musikbarde. Man reflektierte damals noch nicht stundenlang. Wenn Familie Feuerstein beim Abendmahl saß und ein Säbelzahntiger die Sicht durch das Höhlenloch verstellte, kam mit Sicherheit von Fred nicht die Frage an den Rest der Familie, die Situation durchzudiskutieren. Wäre das allerdings damals so gewesen, wäre uns heute wirklich viel Leid erspart, weil ohnehin keiner überlebt hätte.

Oder sind Kriege, Umweltkatastrophen und Seuchen dringend notwendig, weil wir sonst alle nicht mehr Platz hätten auf dem Planeten? Und die Ellenbogenrempelei, die vielen bodychecks und die nervige Stesserei noch heftiger ausfallen würde als ohnehin schon? Und dadurch sich ein Rückgrat noch schneller biegen lassen würde?

Jetzt weiß ich immer noch nicht, bei wem ich mich beschweren soll, dass ich mir täglich so grausliche Dinge anhören, ansehen und verarbeiten muss? Wer hat jetzt die Verantwortung, kann man diese überhaupt übernehmen?

Ich habe mit Erstaunen als Kind gesehen, dass die RAF die Verantwortung für die Ermordung des deutschen Arbeitgeberpräsidenten Hanns Martin Schleyer übernommen hat. Ich wusste bis dahin nicht, dass man ein Menschenleben verantworten kann und mir kamen die Terroristen sehr mächtig vor. Schuss – Tod – Verantwortung, alles an einem Tag. Das Schlimme daran ist, dass sich plötzlich viele andere auch verantwortlich fühlen wollen, sich solidarisieren, um mitmachen zu können. Die wahre, persönliche Verantwortung wurde vorher am Garderobenhaken der gehirnwaschenden politischen oder religiösen Ausbildungslager abgegeben.

Und wo bleibt in unseren Breiten der fernsehabschaltende Knopf bei verblödenden „Berlin Tag-Nacht“ Sendungen, dem unreflektierten Nachplappern von rufschädigenden, dörflichen Tratschmäulern und zivilcouragegefragtem Eintreten für Schwächere?

Als ich vor vielen Jahren mein Kind am Morgen in den Kindergarten bringen wollte, nahm ich, weil verkehrsarmer, dazu den Gehsteig. Nicht mit dem Auto, mit dem Fahrrad. Wir fuhren also singend und swingend zwischen den Menschen durch, als wie aus dem Erdboden gewachsen ein Polizist vor mir stand. Er war ausgesprochen freundlich, meinte nur: „Vorbildwirkung, bitte“. Das hat gewirkt und diese Verwarnung hat seine Berechtigung für viele, fast alle Lebensbereiche. Ohnehin schwer einzuhalten, aber immer wieder geistig einfordernd, könnte es eine Milderung des Leides darstellen.

Vorbildwirkung, bitte … ab morgen.

Und TROTZDEM freue ich mich wieder am Leben mit all seinen Facetten und gebe mir selbst Zeit und Raum und hoffentlich anderen die Zuversicht, gleiches zu tun. Anzunehmen, wo sich nichts ändern lässt, aktiv zu werden, wo ich selbstverantwortlich eine Änderung herbeiführen kann. Hilfe annehmen, dem eigenen Weg weiterfolgen und sich und anderen vergeben.

Danke meinen Freunden, die mich in stürmischen Zeiten begleiteten und sich begleiten ließen.

Und danke meinen drei wunderbaren Kindern, die mich alleine durch ihre Anwesenheit auf der Welt immer wieder fordern und beglücken gleichermaßen.

BERGFELD 17. Der Stand der Dinge

2016

Betrifft: Publikationsforum – Rosenhaus – Steinkogler

I. *Resistenz bedeutet Widerstandsfähigkeit und Literatur hat einen so geringen Stellenwert in unserer Gesellschaft, dass es starker Resistenz bedarf, SchriftstellerInnen ein gutes Publikationsforum bieten zu können.*

II. Für Resistenz wird ja vornehmlich in Wien gearbeitet, mein mir liebster Schreibtisch steht aber im oberösterreichischen Kremstal, nur unweit von Stifters Rosenhaus.

III. *Andere drucken Bücher. Ich verlege AutorInnen:*

Gisela Steinkogler, WIE KOCHT MAN EINEN FROSCH, Von der Liebe und vom Stress, wird unter der ISBN-Nr. 978-3-85285-277-5 im Jahr 2016 beim Börsenverein des Deutschen Buchhandels geführt.

Herzlichst,

Dietmar Ehrenreich

eMail: dietmar.ehrenreich@gmx.at

www.resistenzverlag.com
CIP-Titelaufnahme der Deutschen Bibliothek
1. Auflage, Neuhofen/Kr.– Linz – Wien, Resistenz, 2016
Steinkogler, Gisela: WIE KOCHT MAN EINEN FROSCH
ISBN 978-3-85285-277-5
Satz & Layout: Im Verlagshaus

Kontaktaufnahme für Lesungen: LITERATURKANZLEI (07228/6413)